わかる直前
どくだみちゃんとふしばな10

吉本ばなな

幻冬舎文庫

わかる直前
どくだみちゃんとふしばな 10

目次

２０２１年３月〜４月

２０２１年５月〜６月

2021年7月～9月

対処

本文写真：著者
本文中の著者が写っている写真：井野愛実　田畑浩良

2021年3月〜4月

南米から来たカメ

その感触

◎今日のひとこと

とても大切な人がいなくなったあとって、空気とかいろんなものに優しさみたいなまろみがじわっとしみてる感じがします。

その中を生きていることがありがたい感というか。

会えないんだなと思うと、生きていてくれたことのありがたさを思い出し、寝たきりであろうとなんだろうと、生きているってそれだけですばらしいなと感じたり。

そうは言ってもやることはたくさんあって、外に出る仕事も増えてきて、じっくりごはんを作るのがむつかしいのが働く主婦。

めだかたち

というわけで、ながら調理になっていくわけです、全ての食事作りが。

ゲラを見ながら、そうじしながら、洗濯しながら、小説を書きながら。どうせそういう感じならと煮物や汁物が多くなります。やりっぱなしでいいわけなので。

あとはアクを取るとか米に給水させるとか、みんな「ながら」です。

だったらいっしょかと思い、焼きあご（私の実家のだしは父の〇んだし……ふんどしではありません……だったけど、DNAが九州だから）とこんぶを水につけてしばらくして弱～い火で煮るともなく煮て、具とみそを入れたら、別にだし袋（でも〇四郎はいちおう常備）や粉を使わなくてもいいんだっていうことをほんとうに知ったのは最近かもしれません。具からもだしが出ますしね。

全ては時短のためのものだったんだなあ、みたいな。でも時短する必要のないときは、しなくていいわけですから。

これは手間というよりもひまです。

私の毎日はこんなに忙しいのに、動いているあいだ、ちゃんとひまなんですよね、鍋の中は。

いろんなことがそういうふうにできている感じがします。

一方が高速で動いていたら、逆の場所に隙間がある、みたいな感じです。

そしてそのみそ汁を煮返しては3日くらい食べるので、「だしにコストがかかりすぎ」ということもないという。

みそ汁が生まれる瞬間には、それまでかかった時間がみんな入っているというか。

鍋だって、焦げついてすぐは七転八倒しても焦げが取れないけど、水につけておけば取れるようになるし、漬け物なんて時間が経たないとできないのだから、時間が手伝ってくれることっていっぱいあるんですよね。

できあがるときの感触って、もう感触とか言いようがない。先方が「できたよ」と言ってくれる感じです。

私は決して「昔のように暮らそうよ、自然がいちばん!」とは思っていないのですが、適材適所というか、「すぐ白い! すぐできる! すぐおいしい!」ものってやっぱりそれなりだよなと思います。

でも、ホームレスのおじさんが温かいカップ麺をベンチでおいしそうに食べてるところなど見ると、ああ、発明ってすばらしいと思います。

これだけものや情報が溢れていると、その中からどう選ぶのかがわからなくなっちゃう人はたくさんいると思うのですが、全て自分を軸にいつも微調整しながら考えれば、なん

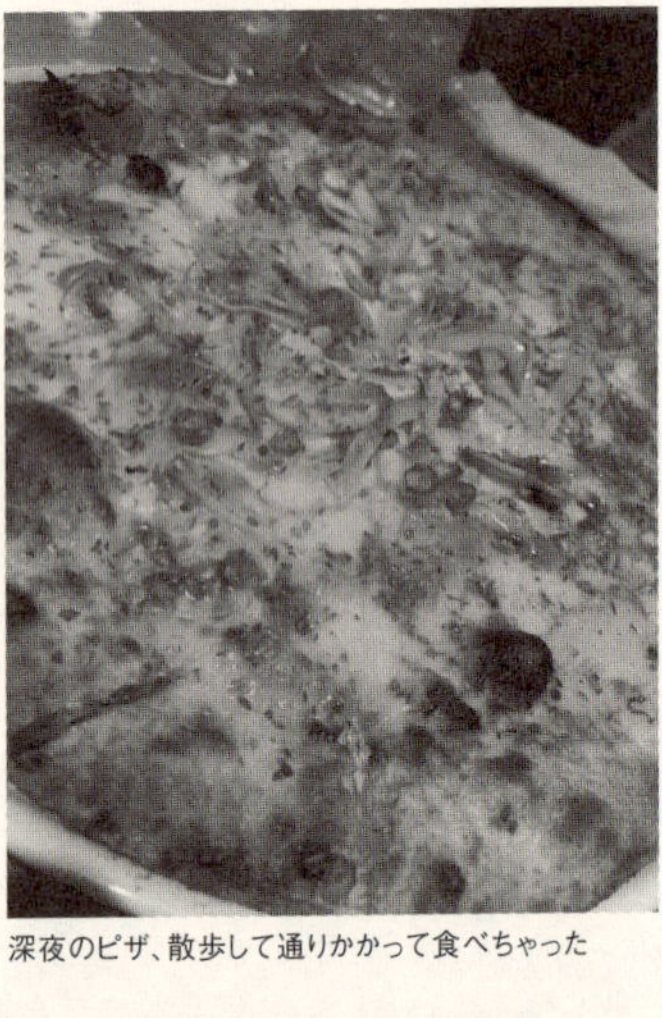
深夜のピザ、散歩して通りかかって食べちゃった

ていうことはないなと思います。

◎どくだみちゃん
忘れる

あ、届いてると思う。
ちょっと読む。
すぐ忘れる。

なんか読んだような感じがするな、と思う。
笑ったようにも思うな。
あれ、これ理解できないなと思う。
どう理解できないかも全部忘れてしまう。
前も読んだな、これ、と思うくらいの味。
読んでるあいだは夢中だったし、なにかに触れた気がした。
でも顔を上げたら自分の日常があって、すっかり消えてしまう。
でもなにか香りのようなものが残る。
思いもよらないときにふわっとよみがえって、ほんの1ミリ助けてくれる。

そういうメルマガを目指している。

夏に、いつも行く海辺の町の、海から宿へと帰る道を、
なんの脈絡もなく思い出すときがある。
真冬の夜道や、あるいは春先光が葉の先に躍っているようなとき。
泳ぎ疲れた体とざらざらしたビーサンでぺたぺた歩いていく夕暮れ近い海の波の輝き。
温まった堤防のコンクリートのほかほかした感触。

アタシのいす

空は大きく、海は遠くまで広がり。
これから熱いお湯に入って、晩ごはんをみんなで食べよう。
夏の夜が始まる。
そのなんの心配もない感じといっしょに。

なんのインパクトもないのに、それだけで少し風が吹いたようになる。

そういう文章を書きたい。

起承転結の転が薄いのに、結果として心の海に深く沈むものが。

◎ふしばな

「ふしばな」は不思議ハンターばな子の略です。

毎日の中で不思議に思うことや心動くことを、捕まえては観察し、自分なりに考えていきます。

私が書いたら差しさわりがあることだって、私の分身が考えたことであれば問題はないはず。

村上龍先生にヤザキがいるように、私には

「ばな子」がいる。

森博嗣先生に水柿助教授がいるように、私には「有限会社吉本ばなな事務所取締役ばなな子」がいる。

村上春樹先生にふかえりがいるように、私には「ばなえり」がいる（これは嘘です）！

気

日常の中でいろんなことを気にしすぎるととっても疲れるので、そしていろんなありがたいものをいただくので、神棚も仏壇もごっちゃになっているような私だが、先日ものすごくわかりやすいことが起こったので、記録しておきたいと思う。

一段高いいすがリビング周りに必要になったので、自室にあった高いいすを階下に持っていった。

そのいすには、ダライ・ラマ法王からいただいたシルクのカタ（スカーフのようなもので、祝福を受けて首にかけていただける）と、曼荼羅的なものが収納されているものと、ネイティブアメリカンの聖なる笛が載っていた。

必然的に地面に近いところに置くことになるので、失礼がないようにカタをクローゼットの中に移した。

それからいろいろばたばたして整理整頓が中断して2週間が経って、曼荼羅や笛を床に置いておくのもあまりいい感じはしないな、と思い当たり、曼荼羅は飾り、笛はちょっと吹いてから少し高いところにしまおう、と思って笛をまとめていたニットの輪（人からいただいたもの、手作り）に触ったら、なんだかぬめぬめしているのである。これまでもそうじのときなど触っていたが、そんなことはなかった。

ちょうどセーターをいすの背にかけて5年くらい放置したようなぬめりというか、すごくいやな感じがした。そして気のせいか変な臭いがする。さらにすごい速さで吐き気がしてきた。

よく作法を知らないけれど、塩をまいてその輪は捨て、深呼吸したり梅干しを食べたりとにかく落ち着くまで1時間くらいかかった。

もしかしたらこれまではあの白いカタがなにものかから笛とか曼荼羅を守っていたのかもと思ったり、下に置いて粗末にしたらいきなり変なものが曼荼羅や笛によってきたのかも、とも思ったり。

こういうことから気だとか霊だとかって始まるんだなと実感した。あるんだからなにかしらで解釈するしかないというようなことだ。

単に片づけをしていたら急に気持ち悪くなった？　それはほこりを吸い込んだんでしょう、私もどこかでそう思ってはいる。でも心の中にまでまとわりついてくるようなあのぬるぬる、ぬめぬめに対する感覚には、それだけで終われないなにかがあるのだった。

あれを説明するために、霊とか気とか波動とかなんでもいいけど、そういう単語が生まれたんだなって思う。元になる現象が必ずあるのだ。あとは説明をどうするかだけの問題だ。

竹花いち子さんのレストラン

◎よしばな某月某日

前にも書いた、タイミングの悪いクリーニング屋さん。

先週に至っては彼が来る日におじいさんが死んだが、それはまあ関係ないとしよう。

それにしてもすごすぎる。

今日は来る時間よりずいぶん前に食べておこうと思って、2日前のちょっと皮が弱ってしかも硬くなった水餃子をスープの中に入れて茹で直していた。皮の硬さが取れる瞬間と、水餃子が壊れる瞬間はけっこうすれすれなので、さくさく食べよう、といすに座った瞬間に、ふだんよりも30分くらい早く彼は来た。

対応して全てが終わったとき、水餃子はふやけてばらばらになっていた……。

今回はそんな余裕がない状況だったが、最近では早く来てほしいときには昼ごはんを作り始めたりしている。こうやって雨乞いとかって始まったのかもとさえ！

おいしい料理を作る人の厨房は例外なく清潔だ。

それは、修業して身についたとかではなく、そうしないと結局おいしいものはできないからだと思う。

たとえば「第三新生丸」[*1]のマスターの道具の使い込みのすごさ、清潔感のすごさはもう言葉にできないほどだ。でもああでないと、お刺身の切り口、唐辛子の切り口ひとつとってもおいしくはならないのだろうと思う。

いち子さん[*2]の台所もそうだ。神聖なまでに道具が輝いている。磨いているからとかではなく、スタンバイしている選手みたいなのだ。

私が体験した過去最高にすごい台所は先日亡くなったおじいちゃんのやつで、書けないほどやばかった。

おじいちゃんの家でそうじなどしていると、「加島屋」[*3]（この文脈でリンク貼ったら迷惑かな 笑）の瓶の中でなにかがドロドロの真っ黒になったものなど発掘されたが、新潟出身の石原さんにその話をしたら必要以上におののいていた。

「お香典返しはおじいちゃんちから発掘された加島屋の瓶で」と言ったら、「その加島屋だけはやめて〜」と言っていたので、新潟の人にとってのあのブランドの絶対感をいっそう理解した。

よくおじいさんがやっていて信じられないくらいおいしいうどん屋さんとかあるでしょう。カウンターだけの。太い字でうどんってのれんがかかっているような。たいていタクシーの運転手さんが立ち寄って混んでいるような。

そういう感じの店が昔住んでいたところの近所にあり、「もしやおいしいのでは」と思って入ってみたら、私以外誰もいなくて、からくり人形なみのスピードでおじいさんがゆっくり登場し、からくり人形並みのかちっとした動作でうどんをゆでるのだが、うどんを冷蔵庫から出すときもうどんを湯からあげるときも、必ず汚いガスレンジをうどんの端っこがずっていく。だから汚くなったんだろうけど。

ロボットではないのがイメージのミソです。あくまでからくり人形。

そして当然うどんも汁もぬるい。せめて熱ければ殺菌された可能性もあったのに！

うどんがずるずるとずられていった汚いレンジを見ながらのカウンターでの食、残したいけどあまり露骨に残せない。まるで拷問のようであった。やはり清潔感は大切。

水タコときくらげのカルパッチョ、いち子さん作

自然な死

◎今日のひとこと

またもきよみん[*4]のおすすめで、Netflixのタコのドキュメンタリー[*5]を見たのです。タコにどれだけ知性があり、美しく、豊かな世界に生きているかという内容で、冷たい水に長く潜れるある研究者が、1匹のタコとまるで恋に落ちたようにその一生を追いかけるものでした。

相手が自分を認識して、なついてくれる、対等に扱ってくれる。

犬ではそれを経験していますが、タコまで!?

地上にはもう食べるものがない！

青山の道、シャッターを押してしまいたまたま。多分ブルーノートあたり

植物だってなついてくれるので、ほんと、ヴェジタリアンにもなれやしないので、せめて貪らないようにだけ、気をつけるしか。

ネタバレになりますが、そのタコとも、もちろんお別れのときは来ます。

自然はとても残酷で、死んだものはただただ自然に還っていく。感情の入る隙間もない完璧さで。

私は先日亡くなったおじいちゃんのことを思いました。

私たちは近年、例えば施設だとか病院だとかに動けなくなってきた人を預けて、床に落ちないように、ケガがないように、誤嚥《ごえん》がないように、見ていてもらうのがスタンダードです。

そういうことを最小限で、ひとり暮らしの形のままいこうとすると、やっぱりなかなか厳しいものを見るな、というのが私の感想でした。まるでそのタコのように、自然に厳しい還元の世界に入っていく。そして力尽きる。

そのプロセスの全てを見ることが怖くて、私たち人間は、ああいう場所を考えついたんだなと思いました。

最後にいる場所を。

会いにくる人はその間集中して会って、じゃあね、と日常に戻れる場所を。

でもいつも思うのです。

ああいう状態の人を見舞ったあと、日常に戻れたことに感謝しながら食事をしたりお茶をしたりしてきた自分の、あの暗い気持ちを。

人間はどんなにごまかしても、ほんとうはわかっているんですね。

旅立つときはとにかく厳しいもので、そして人はひとりでしか旅立てないということを。

体が動かなくなったとき、ぎりぎりまでがんばり、もう動物に会えないとわかりながら最期の時間を過ごすためだけにホスピスに行くのか、もう少し時代が変化していて見守りロボットだのトイレロボットだのがいるから、けっこう家にいられるのか、まだ少し時間がありそうな私にはわかりません。

ただ精一杯生きて、倒れた場所が死ぬ場所、そう割り切って顔を上げるしかないのです。

それでも自然界はほんとうはこうなんだということを、なにもムダがない世界の中で、それを少しゆがめながら人間は感情を休めているのだと、それほどに感情の占める割合が

成孔さんと美女たち

大きい生きものだからこそ進化していくのだと、いつも意識していようと思います。

◎どくだみちゃん

あひる

あひるっておばかさんなところがあって、とにかくほんとうに最初に見た人を親だと思って、山あり谷ありのところでもくっついてきちゃう。

そして人間界には自然界とは違う段差やコンクリがたくさんあるから、たいてい小さいうちに足を骨折して、あっという間に死んでしまう。

だから姉はあひるを飼うのをやめたんだと思うのだ。

あまりにもあっけない生死。そして明るさとかわいさしか遺さないあの異様なまでに素直なあり方。

たくさん生まれて、たくさん死ぬ。

そんな世界の中では、骨折しただけで死んでしまうくらいでないと増えすぎてしまうというのはよくわかる。

でも、個別に知り合うとそんなことは言えなくなる。ただ悲しい。動かなくなったことが。あんなに楽しそうに生きていたものが。

段差のないところで飼って、ついてきたくてつらそうなあひるを見るのもいやだし、

思う存分くっついてきても大丈夫だった強者だけを育てるのも、考え方としてはできな

い。


　だから、動物園が大好きだったのに、あまり好きではなくなった。

　群れを作るのが基本なのに、数匹しかいないところに暮らす動物を見るのはつらい。

　犬や猫なら、まだ、人間との歴史が長いからいっしょに暮らせる。


　でもそんな気持ちさえ、動物園でごろごろ寝ているライオンなどは、ある意味吹き飛ばしてくれる。

　自然にはたちうちできない。宇宙の理にはかなわない。

　ただ生きて死ぬしかできない。大それたことはなにも考えられない。

BANANA DIARY

◎ふしばな
くったく

　運気がどうとか、良いことを引き寄せるとか、いろいろな方法がこの世にはあるし、実際にそれは意味があると思うんだけれど、大勢の人を見てきて、いちばん大事なのは屈折がない心のあり方により、ものごとが心の奥底に届くことだと思う。

こんなにもいろいろがんばっているのに、それにしてはなにか成果が出ないとか評価が低いとかいう人は、そしてそういう人は大勢いるのだが、だいたい何かが心に入ってきたときに、一回手元で止めて、わざわざ変な角度で沈めるのである。

自然が最強で、宇宙がいちばんすごい。

だから、いちばんいいのはものごとがそのままの角度でまっすぐ心に入ることなのだが、いろんな方向からものごとはやってくるから、当然角度がつく。

その角度のままに、でも「入ったな」「出ていったな」「沈んだな」と把握しているだけでいいのに、人というものはなぜか天を信じず、「このようにやってきたのは意味があるのだろうか、前世からの因縁が」とか、「この角度で心に留まるなんて、私がいっしょうけんめいやってきたことと違うから、とりあえず手元で練り直して意に沿う角度で沈め直そう、きちんと儀式をして、お祈りして」などと考えてしまう。

天を信じてないのにお祈りしても意味がないので、また屈折が生まれる。

話していて、話がすっと入っていくなと思うのは、やはりいわゆる成功した人だ。あと、自分の生き方を確かに持っている迷いなき人。好みや意見の違いはそれぞれあれど、すっと入っていく感じは変わらない。素直というか、そのままだ。

あっちでもない、こっちでもない、あっちが得だ、良さそうだからこっちに行こう、「自分は」こう思うからこうだ、「自分は」こう思った、やっぱりそうなった、などなど、とにかくいちいちいろいろ言う人、自分の味を一味入れないと気が済まない人は、確実にタイミングをロスする。すると実現もうんと遅れる。なにかを目指しているとしたら、やたらくねくね道になる。それだけのことだ。

昔から、どこかに行くときに「とりあえずいったん待ち合わせましょう」という考えがあまり好きでなかった。もちろん迷いやすいとか、全員揃わないと入れてくれない店とか、美術館とか、そういうのは別だ。入り口で待ち合わせるのが妥当だろう。

そうではない場合、たとえば旅先で移動するときホテルのロビーで待ち合わせるのさえ、ケースによってはちょっとグレーな感じだ。どこかに行くための完璧なタイミングは、多少どきどきしてもそれぞれの大切な時間になりうる、そう思うから。変な待ち合わせをすると、それが削がれるのだ。

おしろい花

だから、できるかぎりいつも現地集合、それがきっとコツだと思う。

そして屈託なく生きること、それが最強だと思う。

◎よしばな某月某日

ずっとおじいさんに同調して生きていたので、すっかりおじいさんになっている私。せめておばさんくらいには戻ろうと思い、お気に入りのコーデュロイの茶のビッグシルエットのキュロットをはいていたら、いっちゃんに「ゴン太くん[*6]ですね！」と言われた私。

おじいちゃんを見送った消耗で体重がこの5年くらいで最低になっているのに、踊ってもいないし筋トレもしてないので形が丸くだらしないから、「前回来たときよりでかい」とセラピストのすみちゃんに言われた私。

どこまで復帰できるでしょう！

ミントンさんとミポリン[*7]がお花と修理したライトを持ってきてくれる。

やっとミポリンの明かりを灯せるので、これまでその位置に仮に置いていたライトをプレゼントする。きれいなチューリップライトで、きっとお店のほうが力を発揮するはず。

雨なのに、遠くのお花屋さんに寄ってから歩いてきてくれた。良き人たちが歩くだけで街が清まる気がする。猫も珍しくだんだん慣れてふたりと遊んでいた。

あくまでソフトに遊んで猫が当惑するミントンさんと、手練れの熟女として猫の遊びたいツボをどんどん押して猫を楽しませるミポリン。

ここまで違うふたりなのに、共通するのは「お金より、名声より、良い生き方をしましょう」ということだけで、それがどんなに困難なことか。そしてその生き方にはある種の凄味、深みが生まれる。見ていると「やっぱりそれでいいんだ」と毎回思い、励まされる。だからこそ、ミポリンのライトや器が家にあってほしいのだ。

そういう意味では先に書いたきよみんの器も、手に持つだけで心が落ち着く。やはり作品と作者は関係がある。気という点で。

ほんと、いいご夫婦の訪問で、冷たい雨の中、冷え切っていた心が温まった。

良く生きるよりほかに、できることはなにもないなと思う。

ミントンさんと猫

希望

◎今日のひとこと

ブログで以前に簡単に書いたことがあるのですが、もう少しだけくわしく書いてみたいと思います。

デイヴィッド・リンチの分厚い自伝[*8]を読んでいたのですが、彼はもともと映像の中に、無意識に潜むなにかを描く人だったのが、TM瞑想をするようになって急に飛躍したんですよね。

そこで初期作品「イレイザーヘッド」（赤ちゃんができて結婚する男の人の深層心理をなんの脚色もなく掘り下げた名作）を観直してみたら、撮りたいことはほとんど変わって

「八月」のカレー

いない。その技術が深まり、丸くなり、洗練されていった、それだけなんです。そのことに勇気をもらいました。そもそも創作する全ての人には、そんなに多くの引き出しはないはずだと思っているからです。

私は彼のキャリアのど真ん中をずっとリアルタイムで観てきたので、最初は自分が何に惹きつけられているかわからなかったのですが、今はわかるようになりました。「なぜか知っていること、夢でしか見たことのないこと」が描かれているからです。それは彼個人の好みを超えて、万人の心の奥に沈んでいる海に届いているからです。

たとえば私はなぜか「三軒茶屋街の冬の夕方」がとても苦手なんです。なにかいやな思い出でもあるの？　と聞かれたら全くなく、当時男の親友が住んでいたり、死んだ友だちとしょっちゅう会った場所でもあり、みんなで楽しく飲んだり笑ったりしたいい思い出のほうが多いのです。

なのに、私の中の「淋しく、そのことが辛く、自分が消えてしまいそうになる」場所はいつも冬のあの街なんです。きっと誰の心の中にも、なにかと言い知れない方法でリンクしたそういう街があるのでしょう。そのことを完璧に理解させてくれるのが、彼の映画なのです。

そしてあんなにも残酷な表現を数々してきて、安直な解決を決して描かないリンチ監督なのに、瞑想の師マハリシの死を経た今、自伝の中で、

「私たちが人間としてたどる旅路は実に美しくて、そこにはハッピーエンドの中のハッピ

ーエンドがあるんだと思い当たったんだ。何もかも大丈夫。何も心配することはない。すべてはとにかく美しいんだ。」（『夢みる部屋』デイヴィッド・リンチ著　フィルムアート社刊より）と書いている。彼の人生経験からして、どう考えてもぺらぺらの言葉ではない、大きな希望です。

崩れそうだけどがんばっている

　別の人が客観的なできごととインタビューで歴史を書き、それに沿ってリンチが思うところを語るという方法は、トラブルがなく、いちばんストレスのない自伝のあり方で、それにも感心しました。

　また、山形浩生さんの愛のこもった訳があまりにすばらしすぎて、山形さんの人生の凄みをもしっかり感じる、そんな稀有な書籍でした。

　私はとても安心し、まだまだ生きていこうと思うことができました。

◎どくだみちゃん

瞑想

たまに疲れているとき、街を歩いていてす

てきなものがひとつも見つからないように思えるくらいに、よくないものの声が大きく感じられるとき、
全てが徒労ではないかと思う。

どうせみんな消えていくんだからと。

でも個々の人間の奥に潜む湖の水はいつも澄んでいる。

そこから遠くなるほど、その人の人生は混乱する。

こんな簡単なことなのに、なぜ実行しない？

それは、人間は学びたいからだ。

それがわかったら、人に意見を言うのがこわくなくなった。

どうせ今は耳に入らないだろうし、それでも人生の理によって、いつか伝わるだろうと思うからだ。


自分の澄んだ湖に目を向けていれば、必ず力が湧いてくる。

じわっと、ふわっと。水面は白く光って。

静かな力が全身にしみわたる。

まるで魂がふるさとに帰ったかのように。

疲れがふりおとされる。

まるで濡れた犬がぶるぶると体をふるわせ、水が飛び散っていくように。


目を開けると、雑多な日常が片づいて見える。

澄んだ空気が思考をクリアにする。

散らかっていたのは、自分の心と目だけだったのだと知る。

目の前で作ってくれるワカモレ

◎ふしばな
未練

昔のことだが、別れた彼女を忘れられなくて、ストーカーみたいになったり、しつこく電話したり、彼女の悪口を周囲にとめどなく言いふらしたりしていた男の人がいて、その話を聞いて「なんでそんなことするんだろう？　そんなことしたって何にもならないのに」と真顔で言っていた人が、その直後に自分が彼女と別れたら、自分は絶対しないと言っていたはずのことと全く同じことをし始めたので、とってもびっくりした。

そういうものなんだ、ということが、どうにも理解できない。

今の夫が突然恋人を作って、さくさくと結婚したり出て行ったりしたら、私も同じようになるのだろうか？　それはそうなってみないとわからないが、ならない気がする。悪口はむちゃくちゃ言いそうだけれど！　なんなら今も言ってるけど！

98％怒っていても、金を取りたてようとか（そうしたらその新カップルにかかわっていなくてはならない時間が多くなるし）思わないし、この状態になったのは自分にも責任があるよなと仕方なく思うだろうし、そしてほんの2％だけかもしれないけれど、「ほんとうに好きな人ができたなら、よかった。時間は流れてるしね」と心底思うような気がする。

もし自分がどうしても別れたくないなら、3年くらいは、いろんな人とデートしながら粘るだろうと思う。どんなに熱い愛も3年すれば何かに変質するから、その段階で判断してもらうというか。

でも間違いなく自由な3年の間に自分が他にいくような、そんな気もする。

世の中のこういうふうにシンプルでない感じが、私にはほんとうにわからない。

言えるのは「きっとそういう人は、いくらだだをこねようがどうにもならない、心のど

完成！

ん底を見たことないんだろうな」だけだ。

◎よしばな某月某日

世界的にも国内でも感染者が減っていないのに、ＧｏＴｏトラベルならもう行っていいんだ！　と思ってしまう素直な人たち。そんなにも人に決めてもある意味うらやましい。そんなにも人に決めてもらった状況なら気にならないなんて！

そしてあんなに東京ものは来るな！　と言っていたのに、そうとなったら観光業だけはオッケーなんて！　お上ってどんだけすごいんだ、あんなに信頼できないことを繰り返しているのに。

ついていけないから、ひっそりと暮らそうとますます思う。

近所の人にはバレバレだが、一応ボカしたつもりで書く。

うちから15分ほど離れたその場所では、なぜかどうやってもお店が長続きしない。そういう場所が2箇所ある。そうとう大きなチェーン店でもだめなのだ。これって何かだよなと思っていつも観察するんだけれど、両隣にあるお店などはふつうに続いており、いまだに決定的なことを見つけられない。

唯一長続きしたのは、大きなチェーンのいち支店だったときで、焼きのお兄さんが天才的だったのが理由だった。安い材料なのに調理の力でぐっと変わった。とにかく焼きものがおいしかった。そこはその人が辞めてすぐにやっぱりなくなった。個人の力の底知れなさをしみじみと感じる。「餃子の王将」下北沢店もそうだ。他の街ではあんなにおいしくない。同じ材料でも調理する人たちが優れているると違うのだ。

その場所のうち1軒が最近、別の街で大人気の居酒屋さんの支店になった。伝説になるレベルの名店なので、ちょっと楽しみにしていたから、さっき行ってみた。

そして超がっかりした。

メニューの組み方はすばらしい。安い材料を最高においしくいい組み合わせで気楽に食べてもらおうという感覚が満載。ちょっとつまみたい人から、がっつりでも安く食べたい人まで、選べる工夫がすばらしい。

しかし、店員が20時の段階ですでに疲れてよれよれで、しかも「こんなに必要？」というくらいの数いる。彼らはいちいち人に軽くぶつかって通っていく。

厨房も揚げものの揚げかたが下手で、ジメジメした衣揚げになっちゃってる。焼きものはかろうじて体裁を保っているが、ぎりぎり。刺身に至っては中身がまだ解凍されてない。貼ってあるメニューの字も汚くてあまり読めない。

きっと労務者からＯＬまで気軽に楽しめるし安くて新鮮！　を狙ったのだろうが、もっと安いチェーン店に味が負けてしまっている。同じ世代以外の人が怖い、みなさんの顔にそう書いてある。でも本店はいつ見ても、おしゃれ若者からおじいさんまでまんべんなくいるいいお店なのである。

本店はいいんだろうなあ〜という気持ちだけが宙に浮いて、虚しくなった。こういうお店が今この世にどれだけたくさんあるんだろう。前にも書いたけれど、つぶれて初めてトップは「なんでつぶれたんだろう？」と思うんだろうなあ。創始者もいっぺん来てみたらいいのに。

いつも言うが、こういうことを書くのはグチではなく（だってもう行かなきゃすむことだもん）、経営者よ気づいて！　と思うからだ。いいお店よ増えてくれ！　と心から願っているから。

心地よい行き場があれば、誰しもに必ずつきまとう人生の困難はずいぶん解消されるものだから。

おいしかった「桑嶋」のラーメン。引っ越してしまった

刃

◎今日のひとこと

ケルマデック[*9]さんがおっしゃる通り、その時代に大流行するものは、時代の無意識を表しているし、何かを回避しようという解決法を人類全体が探っている試みでもあると思います。それは人類の集合意識が持っている大きな力の一部でもあります。

作者は常に個人ではありますが、時代の力につきうごかされているので、最小限の（それでもほんとうに大変だと思いますので、心から応援したいです）力で時代の流れを動かしてしまいます。

私にもかつてそういう時代があったなあ、

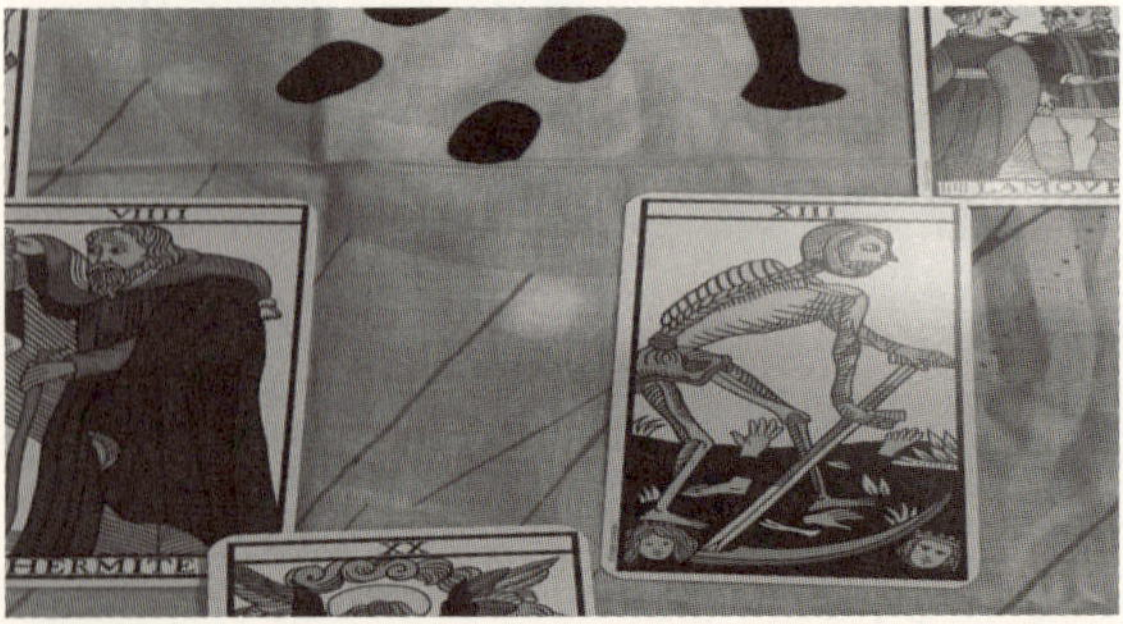

私のタロットカード

と思います。渦中にいたら大変だけれど、個人の人生としてはそんな大変さも過ぎていくものだし。

ということで、「鬼滅の刃」はあらゆる観点から、奇跡の作品であり、好むと好まざるとにかかわらず、今の時代を象徴していると思います。日本だけでなく世界の特に若者を救うでしょう。

ネタバレになるので書けませんけれど、もちろん「エヴァンゲリオン」だってそうです。

今このたいへんな時代に大きく世界に影響しているものが、今まで多くの人が築いてきたすばらしい技術を持つ日本のアニメであり、まんがであることを、心から嬉しく思います。

正直、文学も音楽も映画も、今現在、ハリウッドクオリティでマスにアプローチするものを作ることはできません。

悪の手（笑　お金の動くところには常にある）は、これまで文学や音楽や映画を上手につぶしてきたのと同じ力で、原作のあるまんが界、アニメ界に襲いかかるでしょう。そのかけらのひとつが京アニの恐ろしい事件だったように思います。少年○ャンプの「作家を守りすぎるほど守る囲い込み」の弊害も今回はいいほうに働いているし、おかげさまで○英社との打ち合わせなどもいいレストランに連れて行ってもらえるし、私の書くような地味な本の企画も通りますし！　ありがたや！というのはまあ冗談で、文化を守るには今の所スポンサーが強大すぎてもいけないし、代理店とか芸プロが強すぎてもいけないし、多少アングラが入っているくらいのほうがいいんですよね。

成熟した社会ではパトロンが正しく芸術を守るようになっているので、ゆくゆく日本もそうなっていくといいのですが、望みは薄いです。

私もたまに原作が映画化されるのですが、実現しなかったものを含め、低予算、スケジュールは完全に決まっていてずらせない、意欲はさほどなし、安全パイ狙い、スポンサーの意向をびくびくしながら聞かなくちゃいけない、あのタレントを出したらこの人もバーターでついてくる、タイアップは絶対断れないなどなど、芸術を育てる空気はゼロで（まあ、自分の原作が小品ばかりなのも原因なんでしょうけれど）、全員が「こんなふうなちょっといい感じの、この程度の映画を、ちょうどいい予算で作れたら御の字、冒険や挑戦はしない」みたいな感じで、全く芸術に興味がなく、君たちは代理店の人かい？　と聞きたくなるケースが「多かった」（全部ではない）です。

それでもこれから映画になるものを、うんと期待して楽しみにしています。

あるところから小説に関しても似たような感じになってきたので、きっと音楽にも同じことが起きたのでしょう。

そして私のようなハズレ者は細々と面白そうなことをやっていくということになって、たまにそれが大当たりして、個人はシステムに取り込まれていく感じかなあ。

日本をダメダメにしたそのような環境が迫りくる中、これだけ清い志を保って創った映画がこれだけ成功している、その中には日本人がもともと大切にしていた「武士道」「修行」「家族」「仲間」という要素が現実には保存されてなくても作中で炸裂しているわけで、ほんとうは日本人の創作はクオリティ高いのに！　と思わずにはいられません（そういえばエヴァもそのようなことでモメていましたね）。

次の世代は、お金の罠に落ちないように、願うばかりです。

こんな恐ろしい時代だからこそ、あのまんがに描かれているものが、友情や家族の愛情や個人の力や善きものに対するまなざしであることが、それが浅薄なものではないことが、とてもありがたく思えます。

まっ赤な花たち

◎どくだみちゃん

人間

家の中で、目の前のソファにいる人が「今日ブラジリアンワックスをやってきた」と言っているので、ついめくってみたら「マジで？」と言われたことがある。

あまりにも目の前にあるから、つい見た。つるりとしていた。なるほどと思った。

人間の体なんてだいたいみな同じだし。

そしてみんないなくなる、確実に。ひとりまたひとりと、この世からあの世へいく。


だからモメる意味がわからない。

だってみんなすぐに死ぬから。

たった１００年もがまんできないで、憎むだ恨むだ許さないだって、そんな時間はあるのだろうか？　と思う。

時間のむだだと思う。


それが生きている証だと言う人もいるが、意味がわからない。

卵焼きがおいしいからって１００枚食べる人はいないだろうと思う。

それと同じことで、大きく感情が動いたらなんでもドラマチックですごい体験だと思うのは鈍すぎる。

ジェットコースターで通勤したいというのとあまり変わらなく聞こえる。


人間は、どんなにすばらしいことを成した人でも、同じようになんとなくボケてなんとなく反応が薄くなって死んでいく。

全盛期には針の落ちた音さえ聴き分けた人でも、最後は聴き取れなくなる。

それが虚しいということもできるけれど、だからこそいろんな年代のいろんな楽しみが、苦しみがあるというのも確かだ。

刻々と流れていくなにかの中で、身をよじらせて対応する。

それだけで精一杯、遠くを見てひたすら泳ぐその景色の美しさだけで。

やたらにけんかを売ってくる人を見ると思う。

永遠に生きる気か？

今を生きるってそういう意味じゃないぞ。

みんな行ってしまう、それに慣れることはない。

自分の死を知らない。

今できることをする。

だんだん向こうにいる人数が増えていって、自分が頼られる頃、体があまり言うことをきかなくなる、そんな成り行き。

逆らわずに泳ぐ。流れを利用して力を抜く。

それだけだ。

大神神社

◎ふしばな

怖い夢

ものすごく怖いまんが[*10]（このまんがの中にはなにかヤバいものが多少入っていますから、しかもそれを解くしかけがちゃんと入ってないから、無防備に読まないことが大切だと思います。私は宗教団体のことを調べていて資料で無防備〜！　に読んじゃいました。なにかがぐいぐいと頭の空間に入ってくるのがわかりました）を読んで、人の怖さをしみじみと感じながら寝たら、怖い夢を見た。

私は実家の家族と旅館に泊まっている。

その旅館はちょうど星のや軽井沢の和食店みたいに、全体が大きな階段状になっている。

階段の脇には各階に各部屋への扉があり、階段の部分がロビー兼くつろぎ場所みたいな感じになっていた。最上段が旅館全体の玄関とフロントになっている。

私が自分の家族とくつろいでいると、姉がやってきて暗い顔で言う。

「今、お母さんが息を引きとったよ」

私はびっくりして、

「え？　さっきおやすみってあいさつしたのに、普通に」

と言って、姉について泣きながら部屋に行くと、母がパジャマ姿で横向きのまま死んでいる。

これは、もうしょうがない、病院に連絡した？　と聞くと、フロントにも言ったし、医者は今向かってると姉が言う。

せめて今できることは……氷買ってこようか？　お母さんを仰向けにしないとね、と私は言い、姉を手伝って母を仰向けにしたりするが、大雨が降っている音がしてきて、傘を借りなくちゃ、出口まではたくさん階段を上らなくちゃな、と思う、そういうすごく悲しい夢だった。

目覚めたとき、あのまんがを読んで寝たのがいけなかったなあ、と思った。

空間の中に悪意のようなものがあり、足元で寝ている猫がありがたかったのに、猫を追い出したほうがいい、みたいないやな圧力が感じられたからだ。


それでもちゃんと直感は働いていて、翌日聞いたところによると、家族の古くからの知人が、その夜、奥様のとなりで眠ったまま息をひきとったということだった。

母とも深いつながりのあったその知人、そんな形でお知らせしてくれたのかなと思うと、自分の深いところはなにもかも知っていると思わずにはいられなかった。

というのも、うちの姉は家族のことで「息をひきとった」なんていう言い方は絶対しないからだ。母が実際に死んだときだって、「わ〜ん、お母さんマジで死んだ」とLINEしてきたくらいだから。

だから安心だ。わかるようになっている。

怖いまんがをうっかり読んでしまうリスクを負ったとしても、なにも間違えることはな

聖域

い。

◎よしばな某月某日

どうしても観たくなり「鬼滅の刃」劇場版を空いていそうな時間帯にひとりで観に行く。うまく席が取れてしまい、ど真ん中のいちばんいい席にひとり陣取る56歳。

もちろん泣いたが、みんな泣いてるから全然恥ずかしくない。

乗っている全員が泣いている4人乗りエレベーター、私、10代の青年、20代カップル。とっても気持ちが和み優しくなった。1階で「開」ボタンを押していたら、鼻声の3人がそれぞれ「ありがとうございます……」と降りていくのも和んだ。

「明るい、こんなに外は明るいんだ、こんなに悲しいのに」とカップルの女性が言った。

リアルな感想だな〜、と思った。

だから、これからの人たちに命をゆずる気持ち、わかる〜！

そして「ほんとうに強い人にはまだどうしても敵わない」っていうレベル違いの悔しい感じも、わかる〜！

と低レベルの感想を抱きながら、やはり希望を感じた。

そして刀をたくさん見て、ほとんどリアル「鬼滅の刃」である甲野（善紀）先生のことを思わずにいられなかった。刀を持って歩くということは、細かいことは考えられなくなるということ。大筋を捉え、思考と行動のバランスを取るということ。

もちろん道具は道具で人のほうが肝心なのだが、刀って、人を導くところがあるものなんだと思う。持っていることで、姿勢が変わる。

CS60[*11]にも少しそういうところがある。

それとは別に、あまりにもリアルに着物の色とか下駄とかちょっと背中丸めの常に臨戦態勢の感じの気配まで当時の侍のままなので、甲野先生をじっと見ているとくらくらしてきて「今夜の旅籠《はたご》はどちらですか」などと聞きたくなるし、甘酒やだんごが欲しくなる。決してケーキとかじゃない。

そんな甲野先生をイメージしすぎて待ち合わせを和菓子屋さんに指定したら、テーブルの上に「予約の方はおひとりさま1100円以上のご注文をお願いします」と書かれた真っ黄色の札が置いてあってびっくりした。出版社の方にすごい出費をさせてしまった。その方も「この色は心が動揺しますから、とりあえず隠しましょう」とおっしゃっていた。

そこでなんの脈絡もなくパンとサラダのセットを頼む甲野先生。しびれるな〜!

と言いながらも、パンを食べる侍を見なが

大きな杉

ら羊羹をいただきました。時空を超えた贅沢な時間。生き方は服や姿勢に出るし、それでまわりの空間も変わるというのの、極端に贅沢な例。

意図

◎今日のひとこと

電車の中で、食後の椅子で、寝る前のひとときに、ちょっと読んですぐ忘れてほしい。

そのくらいただ日常を慰めるものであってほしい。

そして、必要とする人が「なんか読むと安心する、いつもそこにある」と思ってくれるような。

でも、それとは別に書き残しておくことで、私が死んでからもいつかの誰かをびっくりするような意外な形で救うものでもあってほしい。

それがこのメルマガです。

じゃりの描く模様

そのバランスを取りながら、静かに書き極めていくしかないのです。

今のこの世の中で、私の本を読む層の人たちが、そこまでふだん頭を回転させているとは思えないので、今のところはあたかも徒労のように見えます。孤独な戦いのように思えます。

でも、わずかな光が見える。それなら、進むしかないのです。後戻りはできない道だから。

目先のウケたウケない、儲かった儲からない、読者が減った減らない、そんな日々の反響に気を取られず、読んでいる人の精神のベースのひとつになるような場を作りたいです。

最近の世の中の流れを見ていて、際立っていいなと思えたのは洋服です。

私がよく知らないブランドでも、ネットだけで基本販売（在庫を抱えなくていい）、小ロットで作る、ユニセックス、知る人ぞ知る、価格は5万円以下、それでもリスクは少なく、質はいいしデザイナーにこだわりがある。というところが増えてきました。日本中のデパートで展開して大量に売りたいという夢からそもそも離れているのです。

予想するに、高橋盾《じゅん》さんとかＮＩＧＯさんとか、海外の様子をよく見てきた年代の賢い人がその土台を作ったのでしょう。

これはヨーロッパ化がだんだん進んできているということでもあるし、少し上の年代の人が世界の様子を見て少しずつ時代に合わせて取り入れてきた道でもあるのでしょう。

イタリアだってフランスだって、国としては貧乏だと言われていますし、失業率だってとても高い。

でも服はセンスのいいものが安く買えるし、子どもを産むことや住居に関しては国の助成金があり、人生は幸せがいちばん、お金はそんなにいらないという方向性で街にいる人たちが洗練されています。だから店なんて8時閉店だとしたら7時50分に猛然と閉めはじめて、20時には全員店を出てますもん。

日本は大手に属したい意識が強い国なのでまだまだ変化しないとは思います。サービスに関しても日本的な細やかさは変わらないほうがいいところもあるかもしれません。

でも、そういう流れがちょっとずつ見えてきているのが、希望だなと思いました。

過剰に包装していないし、販売員もいらない。そっけない紙袋にロゴだけがセンス良くプリントされたそういう服たちの、どこが残ってどこが消えるか。その流れはそのまま日本全体の流れと通じていくのでしょう。

稲熊家のおさしみ

◎どくだみちゃん

鬼滅

テーブルの向こうには、大好きな人たちがいる。
ごはんを食べたり冗談を言って笑ったりしている。
でも、うまく話せない。
手もうまく動かない。
口を開くと、今言いたいことではないような言葉しか出てこない。
目の前の人たちが少しだけ悲しそうになったり、
はれものに触るようだったり、
早く帰って自分たちの暮らしをしたいように見えると、
自分がこんなでは当然だと思うけれど少し悲しくなる。
だからもう少し今目の前にあることに参加したい。
でも反面、早く横になりたい。
ひとりになって、思う存分寝たい。
着替えもトイレもとにかく自分のペースでやってみたい。
うまく行かなくても、誰かが見ていたらやりにくい。
だから、愛する人たちに、帰ってほしい気持ちもある。

そんな世界の中で、お年寄りもきっと赤ちゃんも、もどかしく思う。
一方はもうすぐあちらに行くあちら寄りの感覚で。

一方はあちらからこちらにやってきたばかりの慣れなさで。

人間にはなんで体があるんだろう。

体の機能はなんで有限なんだろう。

それがわかっていてもなぜ人は愛するのだろう。

仕事をするのだろう。

助け合うのだろう。

なぜ地上にやってくるのだろう。

失うに決まっているものたちを、どうして慈しむのだろう。

梅湯2F

◎ふしばな
身体

麗子さんのマッサージに行く。

おじいちゃんの看取りで心身ががたがただったので、軽く7時間かかった。

うつ伏せになって4時間くらい経つと、手の先や顔に水分が集まってくるのがわかる。ヤバい。これはもう床ずれとかの世界だ。そしてヨガの死のポーズの世界でもある。

麗子さんはていねいに、小さく優しいタッチで体に気を通していく。ここが通りました、と言われた瞬間にほんとうにぐっと足が伸びたり首が伸びたりする。

途中でわかったことがある。

これは、1回死んで生まれ変わるための儀式なんだな、と。

梅ももさくら先生[*12]のエステみたいに、体の気の流れを最小限にして1回通し直すんだと。ビーズをつなぐみたいなイメージで。

そのタッチはまるで鳥や虫が死体をついばむようで、自分の体が1回真っ白の無になる。

終わった後は廃人のようになり、箸も持てないし、家族といつも通り過ごしたいのに言葉が出てこなかったり、寝落ちしたりしてしまう。お年寄りあるいは生まれたての赤ちゃんみたいだ。

でも、翌日になると少しずつ、機能が回復してくる。

死に近づく感覚なのだからひんぱんに受けるものではないし、麗子さんがどうしてあんなにもいつも心身を清めて暮らしているかがよくわかる。少しでも心や手が汚れていたら、ほんとうに鳥や虫がむさぼるように人の体を壊してしまうからだ。

決してお金を多く取ろうとせず、いつも人に与えている、偉大な人だと思う。偉大な人はいつもさりげなく街で暮らしている。

そして思う。ああ、この感じなんだろうな、と。年老いて亡くなっていく人たちは、そのマッサージを受けた後の私のように、目の前に愛する人たちがいてもうまく笑ったりしゃべったりできないし、いっしょに食べたくても体が言うことをきかないだけなんだって。

だから、反応がないからといって「わかんなくなっちゃってるんだな、感じてないんだな」って思わないほうがいい。そして、そう思わないでちゃんと最後まで接してほんとうによかった。

じーじと孫

◎よしばな某月某日

いつも意欲的な雑誌「GINZA」でユニセックス特集をしていたので、そこに載っていた意欲的なデザイナーの服を何枚か買ってみた。問題はオーバーサイズの服の中にちゃんとみっちり肉が詰まってしまうことで、オーバーサイズでもなんでもない。

細い人がだぶだぶで着るのがキモなのだが……！


おじいちゃんに会うとき、別れるとき、いつでも泣くまいと歯を食いしばっていたら歯茎が腫れてきたので、やっと落ち着いたあたりで診てもらう。

食いしばっていたのも一因ではあったが、レントゲンを撮ったら神経ギリギリのところまで虫歯が迫っていた。麻酔をしてもらってのぞむが、逆さになってないといけないから、息が苦しいったら。

「とにかく虫歯が暴れないように削って治療はしておいたけれど、思ったより虫歯が深くまでいっていて神経に悪さをする可能性がある。でもそのまま治まる可能性も大いにある。その場合は、このままにしておいていい。でも、痛くなったりしたらすぐ電話してください。僕の見立てでは50%くらいの確率」

なんてスリリングな、でも正しそうな判断。とりあえずCS60をひたすら当てておく。


幹細胞上清液に続いて、ニコチンアミドリボシドまで体が受けつけない。どれだけアナログなんだ！　人によってはあれが治ったこれが治ったあれもこれも治ったと言って浮かれてるのに、ケロイドが軽くなるのが目当てに飛びついた私は単に具合が悪くなっただけであった（でも、ネット上にはそういう人がほんの少しだけどちゃんといてほっとした）。なぜか目の前が暗くなり、気持ちが沈むのだ。

残念！　まだ、近未来の世界には行けそうにない……。


徒歩10分くらいのところに「てっちゃん」[*13]という有名な焼き鳥屋がある。私は昭和の人間だから「つ串亭」[*14]が好きでいつも行くのだが、さっと食べたくて米はいらないときなど、たまにそこに行く。ヒューガルデンの生があるし、大好きなパドロン素揚げもあるから。

前も書いたが、本店が駅ナカにできたので、前焼いていたお兄ちゃんたちはみんなそちらに行き、うちから近いほうの店舗はネパール人たちがやっている。そのネパール人たちの焼きや料理がどんどんうまくなっていって、ヤバい。塩加減とか、焼き加減とか、絶妙なのである。それなのに全く楽しそうに働いてないところもなんだかいい。数年でそんなにうまくなって日本人ゼロ状態で店をまかされるなんて、すごすぎる。

高くて小洒落た店の、しょうもないマニュアルバイトさんたちに見せてあげたい事例だ。君たちはあの懐かしいピクミンなのか？　というくらい、ひとテーブルで人が帰れば全員で一斉に片づけに行き、オーダーを取ったらもうそれで精一杯でテーブルの上の皿なんて絶対に片づけはしない彼らに。

「第一旭」！

かすかな光

◎今日のひとこと

人生って何回か「この事態の重なりはもう、どうやってももうちょっとむりかも。これ以上は自分だけでは持てないかも」というときがあります。

私の場合、直近で言うと親友（しかもその前倒れてるのを発見劇まであり）と犬が同じ1週間でいきなり死んだときでしょうか。その前は姉と両親が全員違う場所に入院していて、自分はインフルエンザの上に中耳炎をこじらせて毎日39度熱が出ていたのに家に幼児がいたときでしょうか。今考えても冷や汗が出ます。

かわいいジョッキとの出会い、どこだったかな

しかしそれがずっと続かない場合が多いのが、現代の生活のいちばんありがたいところで、私はよく「ずっと逆さに吊られてそのまま死んだ人」とか「じめじめした牢獄で息絶えた人」「生きながら燃やされた人」「獣に食べられて死んだ人」のことなど思い、限界を超えて死んでしまった人がこの世にたくさんいたことについて、思いをはせたりします。だって食べられるを除いて、自然の世界にはない死に方ですから。

昔、深夜のドキュメンタリー番組で「アルビノの人の肉を食べると、なにかの病気が治る」という言い伝えがあるから、アルビノに生まれた人たちがよく殺されちゃう地方で、「夜道は歩けない」「私は腕を切られました」という女の子がインタビューに答えていて、「ほんとうに現代？　そしてこの番組を観たこと、後で自分は『夢だったかな』ってきっと思うよな」と思いました。

比べたら自分は幸せ、ということでさえなく、そういうことが起こりうるこの世の中で、ある程度解決のチャンスに恵まれていることの喜びを冷静に考えます。

もちろん、その「重なり」に関してはいっしょに扱わないで、もつれた糸をほぐすかのようにひとつずつ、できる範囲だけちびちびと解決していくしかないんですけれどね。

育児とか介護とか看病とか自分の病気とか、先が見えないことに関わっているとき、プロの手を借りることとは別に、街が少しだけ助けてくれることっていっぱいあります。

すれ違った人の優しい言葉（『ハンカチ落としましたよ』『風が強いですものね』みた

いな）とか、入ったお店での店員さんの柔らかい話し方とか、店先に寝ている犬や猫だとか、何か買うときに「あ、これって白もありますけれど、よかったらお出ししましょうか？」と言ってくれて、もともとレジに持ってきた色とかわいく並べて見せてくれたとか。

人でなくても、近所の家の庭に咲きほこるチューリップだとか、桜がいっせいに散って花びらが風に舞っているとか、青空に雲がふんわり浮かんでいるとか、そういうことでも人の心はふと安らぎます。だから、街に出ているときの自分は、他の人に小さな光を差し出しうるということを忘れないでいてほしいのです。

さっき犬の散歩に行ったら、近所で一眼レフカメラを持って街の撮影をしている青年がいたのです。

彼が急に立ち止まって、青空の写真を撮りました。すぐ近くに私とか犬とか他の犬の散歩の人とかもいたのですが、細い道の真ん中で道をふさぎ、私たちを一瞥もせず、なんの言葉も発しませんでした。そこにいた数人と数匹はまるで目に映らない幽霊のようでした。

微笑ましく思いながらも、ああ、美しい写真を撮ることに没頭するということはこういうことでは決してないよなあ、と思いました。

これまで出会ってきたいろいろなすばらしいプロのカメラマンたち。その人たちは決してそういうことはなかったと思い出しました。

彼らは街を行く人も、被写体も、犬も、全てを見逃さない目をしていました。

どんなに繊細な心を持っていても、集中していても、「ごめんなさい、立ち止まっちゃ

その柿

いました、どうぞお通りください」と言える人たちでした。
世界を愛するということ、見つめるということ、それを撮りたいと思うこと。そういうことと行動と作品は必ず一致するのです。そういう人たちみたいにがんばれよ、青年。そういう人たちみたいにいつかなれるように。

◎どくだみちゃん

柿

この柿の木は母が実家から持ってきたものなの。
とその娘さんは言った。
ずっとなぜか高くならないで、いつも手が届くところに実をつけてくれるの。

確かに木は小さく枝は低く横に流れ、
そこに大きく豊かな色をした柿がびっくりするくらいたくさん、
まるでまんがに出てくる柿の木みたいに、実をつけていた。

去年は実がならなかったから、枯れちゃうかなと思っていたら、
復活して今年はこんなに実をつけたの。
もいでそのまま皮ごと食べたりするのよ。
娘さんは言った。

柿の木はこの家の人たちが好きで、
食べてほしいからこんなふうに、
取ってくれと言わんばかりに実をつけているんだと、
だれもが思う。

この柿、優しいのよ。親切なの。
ずっとそうなの。
という娘さんの人生が、小さくともこういうふうに報われていることに、この世の美しさを感じた。

柿をとる

◎ふしばな
バリの夕暮れ

バリの夕暮れのやってきかたは、あまりにも勢いがありすぎて魔法にかかったみたいになる。

急に空がめくるめく勢いでいろんな色になり、光の大洪水が訪れ、そして真っ暗になる。最近は暗いと言ってもきちんと電気がついているけれど、昔はよく停電もしていたので、もっとすごかった。真っ暗を超えて、危険なくらいだった。

ああ、夜が来た！　と思うのだ。

兄貴[*15]のおうちに遊びに行くと、夜が長いからおおよそ19時くらいから夜中の3時くらいまでは兄貴のお話を聞いたり質問したりする時間になる。

夜は長いぞ！　と思うと同時に、とても安心する。

ずっと兄貴の声が聞こえているから、怖いことがなにもないような感じがするのだ。

あんなに安心して過ごすことができる時間って、子どものとき以来ではないだろうか。

今はだれもインドネシアに行けないので、兄貴のところにはお客さんがいない。でも、兄貴はアシスタントのきれいなお嬢さんたちといっしょに島内を旅して、バリのいろいろな場所をリモートトラベルと銘打って、映してくれる。

車で移動しながら、観ている人も質問したりおしゃべりをして、いろいろなお店に寄って、ホテルに着いて、ホテルを紹介してくれて、夜の食事や宴会の様子も中継してくれる。

ずっと車の中からの景色を見ていると、自分も移動しているような気持ちになるし、バリの夕暮れの感じを生々しく思い出す。匂いもしてくるし、あの湿気も伝わってくるようだ。


バリの夕暮れを見ながら東京の自分の家で仕事をして、ごはんを作って、ずっと兄貴やアシスタントの人たちの声が部屋に流れていると、バリにいるときのように安心する。


夜が来るって、楽しいことだった、そう言えば。

なに食べに行く？　なに飲む？

どんなふうに過ごす？

夜は長いよね、わくわくするね。

そういうものだった。

そんなことを思い出す。そういうことがどんなに人に力をくれるか、みんな自粛がきつすぎて忘れてしまったのではないだろうか。

大勢で会う必要はないし、ガヤガヤしたところに行く必要もない、なんなら家でもいい。決して忘れてはいけないと思う。人類がどうやって長い夜を乗り越えてきたのか、どうやって力を合わせてきたのか。

お店の人は、どんなふうにお客さんを元気づけてきたか。どうして人はお店に行くのか。


ポンペイの遺跡に行ったとき、当時の居酒屋の楽しそうな雰囲気にびっくりした。

こんな時代から、人は夜が来るとお店に行っていたのだ。すごいことだなあ、と。

不思議な雲

◎よしばな某月某日

「この顔ぶれがいつも私を殴ってね、私はたいへんな顔になっちゃって、泣いてばっかりよ」

とおばあちゃんは言うのだが、ああそうね、ほんとほんと、という娘さんも、また俺の悪口言ってるでしょう、と耳があまり聞こえないながらも悪い雰囲気だけはわかる90代のおじいちゃんも、全く取り合ってなくて笑顔でいい感じだった。

顔ぶれっていう言葉がそこで出るとは、すごい。いいセンスだ。

先日転んで顔に大けがしたときの写真を見て、「こんなに殴るの、あの人はね」とご主人を指差すが、こんなに殴っていたらもうお縄だし、こんなに殴る体力がおじいちゃんにあるとは思えないわぁ、と思いながら、「そんなことないですよ」と私は言う。

「短い間ならいいのよ、3日間だけにしなさい、あの人と暮らさないで」とアドバイスもくれるが、暮らさないですし！

私が「8人にひとりくらいは本気にするんじゃないですかね」と言ったら、そうかしら〜、と娘さんは笑っていた。

おばあちゃんが噛んだものを口から出したり、お酒ひと口で飲んじゃったり、入れ歯が置いてあったり、なんでもかんでも懐かしい。

最後に「また必ず来なさいよ、そう、明日ね、明日もね」

って言ってくれてきゅんとした。

おじいちゃんはスマホを持っていて、おじょうさんは携帯さえ持っていない。

「まわりの人に迷惑をかけるし、仕事先の人もいるから、持っていた方がいいんだっていつも娘に言うんだけどね」

って、90代が60代にスマホを持てって、なんだかすてきだなあ。

おじいちゃんもおばあちゃんも、私にはもういない。だから満喫した。

前回読んだ人にはバレバレを超えて店がバレているが、件の、近所にあるネパール人しかいない有名な焼き鳥屋、別の日に行ったら別のネパールの人たちがいて、ものすごく密な席（となりの人たちがワイワイ騒いでいた）に案内されたので、ひとつ開けた席はダメ？　と聞いたら、「ダメです」と厳しく言われたので、あきらめた。なんでダメなのか、どう考えても謎すぎる。とにかく同じネパール人にもいろいろいるから、日を選ぼう……。

それでもう1軒の焼き鳥屋に行ったら、ものすごく派手なおばあさんが急に入って来て、ふだん温厚な大将が「あなたはこのあいだ酔って大変なことをしたり、お金を払わなかったりしたでしょう？　うちには来ないでと言ったはずだ、1杯だけ飲んで帰ってくれ」と言い出したので、このおばあさんはよっぽどのことをしたんだろうとかなりびっくりした。

おばあさんは聞いているほうが辛くなるくらいものすごい悪態（最低の店だとか、客にそんな口をきくなんてありえないとか、こうして飲んでるだけでもダメってことは単に私が嫌いってことで、そんな個人的な気持ちを店に持ち込むなんてダメだねとか）をついて、「この店で働いている人たちも大変だね、あんたみたいな人の下で働くなんて」と従業員たちにも大声で言って、1杯だけ飲んで帰っていった。

どのお店でも出禁になっている有名な人だけれど、いやなものを見せてしまってごめんなさい、と大将はあやまりにきた。

そう、街のみんなでなんとか分け持っているけれど、それも限界になってしまうそういう人は必ずいる。藤谷治さんもこの小説[*16]に書いていた（胸が痛くなって吐き気がするほど、来ると困る人がリアルに描けている名作）けれど、ほんとうにいるのだ。お金か薬関係か精神に問題があり、そういう人に同情すると、くまなく大変なことになってしまうから甘くみてはいけないような、そういう人。そういう人はなんでもかんでもやってなんとか食いつないできているから、ほんとうにヤバい。

牢屋や病院に入りたくてうずうずしているし。親切な人がいたら、骨の髄までしゃぶり尽くすほど、食らいついていく。それがわかっているから、大将はお店にいる人たちを守るためにも、いやなことを言わなくてはならなくなる。

だれもそんなことを人に言いたくないに決まっているから、大将はしばらくすごく落ち込んだ顔をしていて、さっそうとやってきた蕎麦屋のお姉さんが大将と並んで飲み始めるまで、ずっと悲しそうだった。そこでさっそうと蕎麦屋のお姉さんがやってくるあたりが、大将の「持ってる感」である。

いいお店を作るためには、たくさんの苦労がある。そういうものをすっとばして仲間内だけで楽しくやろうとすると、店はつぶれる。

飲食店ってほんとうにたいへんだけれど、だからすばらしいんだよな、とまたも思った。

打ち上げへ

時間、空間

◎今日のひとこと

　犬と猫が育っていく速さを見ていると、もう歳を取らないでくれと真剣に願ってしまいます。さっきまで赤ちゃんだったのに、速すぎる。

　同じ空間に生きているのに、そっちだけ歳を速く取っていくなんて悲しいし不思議すぎる。

　呼吸の数だとか、体の大きさだとか、環境の過酷さに対応してとか、きちんとした理由は様々研究されていますが、亀などもっと寿命の長い生きものから比べたら、人間だってあっという間に歳を取っていくように見える

ハロウィン感

んでしょうし。

人間に与えられた100年未満のこの時間、体毛も少なく、生まれたときあまりにも無防備で、立ち上がるのも遅い。基本的には性善説的なものがそこそこ機能しているからこそ、なんとか人類は続いてきたんだと思うのですが、それにしてもこんなにもいろいろなことを知能で解決して、さらにその解決方法に自分で縛られるという不思議な生きものが地球にのさばっている珍しい時代なんだなと思います。

こんなにも生き急いできたからこそ、わかるのです。

生き急ぐのはよくないし、死に急ぐのもよくない。自分と自分の肉体に与えられた自然な時間の中、時に急流を泳ぐように、時にはただのんびりと浮かんでいるように、逆らわずにしかしそのときどきの流れの中をただただ生きることが、人にできることなのではないかと。

デイヴィッド・リンチが瞑想について語るとき、そこには人類に対する希望が込められています。

「本当の平和は戦争がないことだけでなく、あらゆる負の力の不在だ。みんなが勝つ。」

なにかつまらないことで行き違いが生じて腹がたつとき、こんな身近なところで平和が実現できないなら、戦争はなくならないはずだな、としみじみ思います。

逆に言うと、よく言われているように、身

近をほんとうに平和にできたら、それぞれがそれを本気でやれたら、戦争はなくなるということです。

キンモクセイ

◎どくだみちゃん
音楽

「こんなことをやっていても、徒労だな」と小説を書いていて思うようなとき、父と話をすると、「その角度か！　なるほど」と開けることがよくあった。

常に遠くを見ている、常に大きなものを見ている、常に楽しいことを考えている。

それはきっと、どれも同じなのだろう。

サントリーホールに（菊地）成孔さんの音楽が流れたとき、時間は止まり、そして脈打っていた。

この徒労の多い、さらにはそのまま息絶える肉体を持った私たちの人生が、一瞬全て意味深くなる。そういう音楽だ。

ほとんど輸血のようだと私は思った。
気とか元気とか勇気とかではない。
体を流れる血が、増える感じ。

世の中が通常の状態じゃなくなってて、不謹慎だけどワックワクするんですよ！

と笑顔で語る成孔さんが前にラジオ番組でおっしゃったように、
最後の最後の瞬間まで、楽しめたら、笑っていられたら、それが勝ち。
そこまで思えるのが、芸術にたずさわる全ての人の基本。

2階席から見るステージは闇の中にまるでリンチの描いた「クラブ・シレンシオ」のように浮き上がって、夢のように見えた。
あの光を一生忘れないだろう。

夜のアウトレット

病から生き延びた30年来の美しい友だちと、居酒屋で白子や鍋をつつきながら、酒を飲んで、

いいコンサートだったたねと話し合う。

それが人生の基本だ。

そうあるべき。

◎ふしばな
タイムウェーバー

森博嗣先生の作った人物というよりはもはや概念の中に、「真賀田四季」というものがある。

最近、興味を持ってとしえさん[*17]のセッションを受けることがあるのだが、タイムウェーバーという概念には、個人のセッション枠を超えた、ちょうど真賀田四季のような知性の存在を感じる。

これからの人類がどういう方向に行くのか、なんとな〜くだけれど、わかってくるような気がする。

つまりプリミさん[*18]のおっしゃるところの、「プログラムの書き換え」（ただし次元をまたいだ）によって、病となりうるものを取り除くという考え方だ。

それがうまく機能するようになれば、思っていたような未来はわりとすぐにやってくるのではないだろうか。

ＡＩに仕事を取られるとか、このこだわりこそが私なんです、とか言ってる人は多分そのままそういうことを言っていられつつ、ちゃんと治療を受けられて、そうではない人はどんどん自分の奥底に潜っていき、自分を変

空き地の緑

えながらも核になるものに近づいていく。

そんなイメージだ。

真賀田四季に会う人はみな、圧倒され、刺激を受け、知性の光を感じる。そのようになることは不可能だが、それに近づくきっかけのようなものを得る。そんな感じだ。

そういう可能性を、あの機械には感じる。イメディスもかなり近い概念で作られているし、他にもそういうものは世界各国で開発さえているのが見受けられる。そこに希望を感じる。

◎よしばな某月某日

コロナ的にはせっぱつまっているはずの状況なのに、なぜか休日のレストランは予約しないと入れないような感じなので、渋谷のビルのカジュアルなレストランに予約を入れて、家族それぞれの用事が終わる時間帯に現地集合することにした。

エレベーターを降りたら、酔っ払いの騒ぎみたいな大声が聞こえた。この早い時間に？と思いながら見たら、高校生かぎりぎり大学生くらいのすらりとした男の子ふたりが大はしゃぎしているだけだった。

なんだ、なにごとかと思った、とほっとして時計を見て、少し早いからトイレに行く。いろいろ用心しながら入るから、トイレだって時間がかかるのだ。

手をしっかり洗って、トイレの外に出ると、トイレの廊下部分でまたさっきのふたりが大騒ぎしている。酔ってるのかな？　と思いつつ通り過ぎたら、ひとりがものすごい勢いで駆け出した。後からもうひとりが私を追い抜きながら、「なんだよ、急にチュウしたくなったんだよ！　逃げるなよ！」と言ったのでびっくりした。そういうことか！

レストランに入ると、夫がいて、「なんかすごい勢いで走っていった子がさいふを落として、大騒ぎしてた」と言った。恋愛がらみみたいだよ、と私は言った。やがて息子もやってきた。今すごい恋愛模様を見たよ、と話す。

食事が終わって、もう1回トイレに行っておこうと家族でトイレに向かう。あの大騒ぎカップルはいなくなっていたのだが、なんだか声は聞こえてくる。トイレから出ると息子が「ふたりでひとつの個室に入って騒いでた」と言った。

数時間で恋愛の流れをみんな目撃したのもすごいが、家族でのどかにごはんを食べていた私たちとは全く違う時間軸を、彼らが同じ空間で生きていたことに、不思議な感慨を抱いた。

そういうわけで、息子とほとんど変わらない年齢の男の子カップルを間近で見て、「君がもしそういう好みだったら、私は全然いいけど、家に遊びに来たりしたらかなり動揺するんだろうな、想像と実際は違うものなんだろうな。でも反対したりはしない」と私が言ったら、「遺伝子が残せないのだけが少しだけ悲しいかな」と夫が言った。そこか〜！

「ナスDとTOKIOがいれば、人類は滅びないね！　待てよ……女は……そうか、土屋アンナか！」と深夜に姉からいきなりLINEが来るが、山口メンバー（このとき脱退していた、いろいろやらかして）込みでないとちょっとむつかしいかもな、と思う。

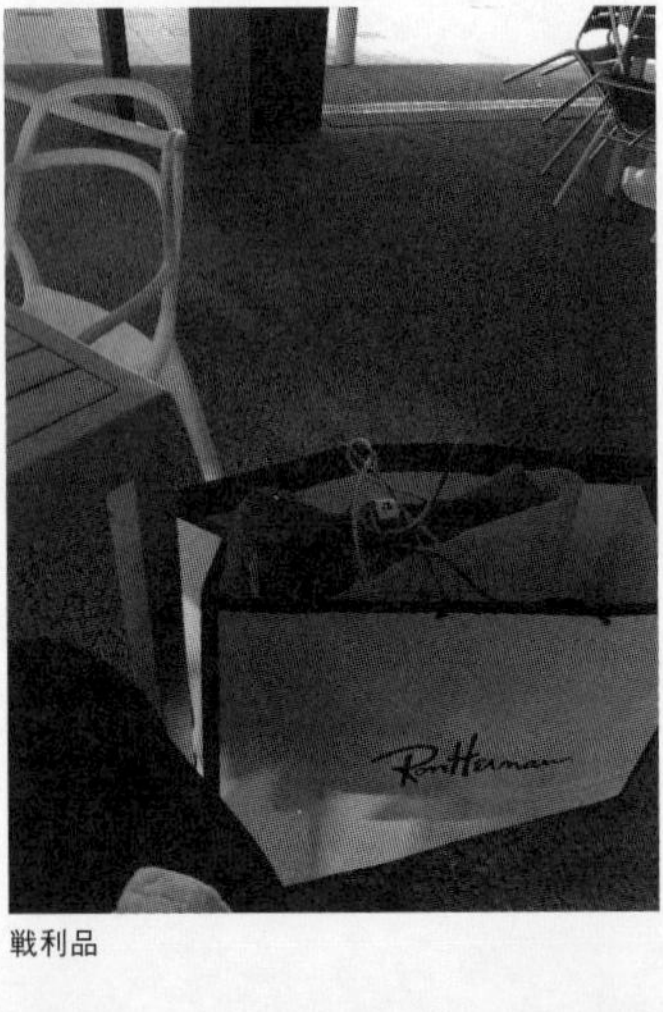

戦利品

元をとる

◎今日のひとこと

25年くらい前に、ちゃんとディーラーさんから購入した車が、いよいよ限界で、やっとのことで最後の車検を通って、多分あと2年しか乗れないだろうということ。

うわあ、ついにそのときが来たか、と思いました。

なにせもうそのディーラーさんさえ他の会社と合併してなくなってしまったんですから。

ナビと他の機能が合体したコントロールパネルみたいなものももちろんないし、いろんなものが手動だし、駐車時に出てくるすばらしい後ろ側の映像もないし、自動ブレーキな

後藤朋美さんの布

んてもっと遠いし、こうして比べてみると今の車の進化にはびっくりします。

その分、プロがなんでも手で直せた時代はどんどん遠くなっていくので淋しさもありますけれどね。あのおじさんとこに持ってきゃなんとかなる、みたいな雰囲気というか。あれこそが昭和の風物詩だったんだなあ、とか。

この車でいろんなところへ行った、赤ちゃんから子どもの時代にたくさん息子を乗せた、そう思うと、買ったときのびっくりするような値段（ほんとうにびっくりしました、新車って買ったことがなかったので）の元を、本格的にとったなと思うのです。

この低迷した経済の時代に、この「元をとる」という、もともとの値段に時間を足した感覚がかなりの充実を呼ぶ、そんな気がします。

私がいつも使っている髪留めはなんと1万円以上して、買うときに1回売り場を離れて1時間くらい頭を冷やしてまた戻って買ったくらい悩みました。安くてかわいいものがいっぱいある世の中だし、これは行き過ぎでは？　と思ったのです。

でもその発色や素材の硬さ、これは長く使えるのではと思い切って買いました。

そうしたら、なんともう10年、壊れずに使えているのです。

そのあと2本買い足して、どんな色の服でも大丈夫。ショートにはめったにしないから、死ぬまで使えるかも。

私はたいていの服を穴が開いたり毛玉がすごくなって見苦しくなるまで着ますし、そのあとにしばらく部屋着で着たりもするので、「元をとっているかどうか」で考えるとかなり満足しています。

だから銀粉蝶[*19]さんのこの本を読んだとき、胸がすく思いがしました。そのときどきの流行はあっても、自分に似合うものってそんなにたくさんはないんです。それがわかっていれば、服は長く着ることができます。

逆に、買ったものの素材や着心地がほんとうに合わなかったり、どうにも似合わなくてあっさり手放す服もあり、そんなときはいつも、変な言い方だけれどのたうちまわるくらい悔しいのです。

ケチというのとは違うんですが、この感覚があれば、これからの人生も身の丈に合った生活がしていけるような、そんな希望が湧いてきました。

◎どくだみちゃん

刹那

ずっと刹那を描いてきた。
時間が止まるような瞬間。
その瞬間の中に過去と未来のあらゆる記憶

しゅうまい

がつまっている。
少し生温かい曇り空の日。
冷たくない雨がぼとぼとっと空から落ちてきて、
「やっぱり降ってきたね、傘ある？」
と私が聞いて、
アイリーンちゃんがその明るい響きを持つ声で、
「傘なんてささないんです、なにせ台湾から来てますから！」
と笑う。
その瞬間、私と彼女が過ごしたあらゆる台湾の雨の日の、
湿った空気や生ぬるい風や、人々の歩みや、果物の色や、町の匂い。
濡れたでこぼこの道路、遠くの空に見える光。
全部がよみがえってきて、
ああ、台湾に行きたいなと切に思う。
そんなことがたくさん集まって人生になっている。
一瞬は永遠で、永遠は瞬間で、
たった1滴の雨が空から落ちるあいだに、瞬きしているあいだに、
ほんとうは全部知っている。人生のことを全部。
知らないふりをしているのは、楽しむためだけ。

「みかわ」のきす天

◎ふしばな

ニート

石井あらたさんの本「『山奥ニート』やってます。」[*20]を読んだ。所有という感覚をほとんど手放せば（でも彼らはちゃんとお気に入りの服とかものを持って暮らしているから、もしその生活の中でもそこにこだわりがある人は、自由に所有できると思う）、あるいは人から見た自分に心を持っていかれていなければ、これからの時代、テクノロジーも手伝ってかなりいい生き方になると思う。

オンラインゲームやネットや宅配便の存在も、とっても大きいと思うし。

夜、暗くなったらもうとりあえず外での仕事はできない、そう割り切れる仕事をしたほうがほんとうはいい。そういう強制終了としか言いようがない職種はある意味幸せだと思う。

たとえ家に帰ってえんえんゲームをやるにしても、飲みに行くにしても、「今日は終わった」というのを激しく自然が見せつけてくれるのが田舎はすごい。だいたい夜になると夜の匂いがするんだから、もう、どうにもしかたない。

でも都会ではなかなかそうはいかない。

だからたくさんお酒を飲んだり、たくさん食べものを食べたり、きれいなレストランに行ったり、余計な楽しみが生まれてきて、それはそれで文化だからいいと思うし、都会においてて美しい内装とか手の込んだ料理とかって、たいてい自然を模しているものだと思うので、流通もよくなっている今、都会に住んでいる私はそれを対価を払って享受している。

しかしその対価を稼ぐために倒れるまで働くとなると、本末転倒だ。

特殊な期間を除いて、「倒れそうに疲れたらちゃんと休める」程度に人生を保っておかないと、ギスギスしてきて、生きる意味がなくなってくる。

数日伊豆にいるだけで、目の中が海や光や山でいっぱいになって、服とかどうでもよくなってくる。お金もほとんど使わない。安いあんぱんなど買ってつまんで大満足する。あと豪華な刺身や魚料理が安価でいただける。

東京に帰ったとたん、自分の服がぼろぼろに見えて浮きまくり、ギョッとする。さっきまで海辺で最高に輝いていた服なのだ。

そのくらい東京に溶けこむのはむつかしい。地方から出てきた若者が毎年5月に病むのもわかる気がする。これだけ大勢の人がいれば、一見どんな人でも存在できるし紛れられるように感じられるが、実はものすごくコツがいるし、没個性にならないと生きにくさが増すのである。

東京の暮らしの究極は家に人を入れないが都会のいいところはみんな味わう叶姉妹みたいな生活だと思うが、あの感じをゴールにするのも自分にとっては違う。もう少し「都会田舎」みたいな味を目指したい。

そして東京生まれの私はできれば、東京でニートっぽい生活をやりたい。ほぼ家にいて近所の人に理解があれば、なんとかなる気がする。そしてたまに海外に行き、硬くなった心や味覚をほぐせればなおいい。今はなかなか移動できないけれど、そのうち移動ができるようになったら、ますますそれを目指したいが、目指しているのではなく、もうほとんどその域に入っているように思う。

ひまではない、体も動かさないと生きていけない、でももう人からどう見られるかを気にする年齢は過ぎた。なににお金をかけ、なににかけないか。そういう実験をして研究をしている人はひそかにたくさんいる。

どこまで極められるかわからないけれど、少しずつ進めている。

とりあえず、時間に対する貧乏性を直すた

色とりどりでした

めに、ある程度仕事をしたら「今日は充分やった、もうあとは遊んでいい」と自分に言うようにしている。

◎よしばな某月某日

ビリー・アイリッシュよ、すばらしい流行を作ってくれてありがとう、ということで、遠慮なくノーブラでオーバーサイズの服を着ていることは前にも書いたが、そもそも近未来のイメージでみんな肌にはりつくような特殊素材の、モジモジくんみたいな服を着ているのってほんとうにそうなるのだろうか？

あれは、たとえナイフでも切れない素材であったり、保温したり発熱したり冷却したりすることができるとしても、人類の本能に相反しているのではないだろうか。動物に比べて毛が生えていない人類は、なるべくむきだしになりたくないのではないだろうか。極端なオーバーサイズではなくても、なんとなくユニセックスに行くのではないだろうか？と思っている私。

ワンピースにもなりうるし、このくらいでかくてもいいだろうと思って買った、オーバーサイズを作ってくれることには定評があるATON[*21]の白いトレーナー。いちばん大きいサイズにしたらあまりにもでかすぎて、着ている自分が果てしなくなにかに似ている。そうか、Qちゃんか。原点回帰しすぎだった！

銀粉蝶さんの本を読んで、大切に着ることとか、身ぎれいにすることとか、お金をかけなくていいところには徹底的にかけないという潔さとか、とにかく自分のこれからしたいことを再確認して、そのあとふと見た小林麻美さんのセレクトショップのサイト。センスの良さにも衝撃を受けたけど、価格はもっと衝撃的！　そしてこのテキト〜な写真の凄み！　ううむ、人それぞれの個性ってすばらしいと思わずにはいられない。

プロテア

2021年5月～6月

かんらん車、ぴちょんくん

全体を見る

◎今日のひとこと

たとえば、このメルマガ。

もっと自作の宣伝に役立てたり、アフィリエイトに特化したり、ほんとうに大勢の人に読んでもらおうと思っていたり、お金のことだけを考えていたら、
・もっと短くして頻繁に出す
のがいちばんいいわけです。
もしもただ情熱のみにて書いていたり、いくらでも書けたり。もしそうだったなら、
・もっと字数を多くして高価にして年に4回とかにする
のがいちばんいいのです。

100年前の服を着るふたり

でも、私はその作戦のようなものがケチくさくてどうしても好きになれません。あと、人生にはもっと他の大きな要素が必要だと思っています。風とか光とか水とか。そういうものがときどきに絡んでくるから、潮目が変わるわけです。

あまり大勢の読者がいると内容を薄くしないと伝わらなくなるから、かなり濃いめにして1万人くらいが入れ替わりながら随時読んでくださったら、そしてなによりも私が大人になってチョギャム・トゥルンパ[22]やカスタネダ[23]やホドロフスキー[24]やリンチ[25]の分厚い本を発見して、たったひとりの戦いから救われ、人生の重みからも解放されたように、いつかの誰かが「そうだよね！　自分は間違ってなかったんだ」と気づくためにだけ書いているので、この分量と価格になっているわけです。

それは作戦ではなく、適正ということだと思っています。

つまり、思想とか意図ひとつによって、形態が適切な形に変わるのが自然なことなんですね。

たとえば、洗濯と環境問題ひとつとっても。環境にいい洗剤を使っていたら、その分水がたくさん必要になったり。頻繁に洗わないほうが環境にいいと実行したら、不衛生で皮膚や肺の病気になったり。

その両方を視野に入れていかないと、意味がありません。

だからこそ、「多少の不衛生でも気にならない丈夫な肌の人」は「あまり洗わない」、「水は少しくらい多く使ってもいいと思う人」は「環境に負荷をかけない洗剤を使う」、

「この世で水がいちばん貴重という思想の人」は「水洗いのたたき洗いだけ」、「な〜んにも気にならない人」は「合成洗剤と柔軟剤でバッチリ！」、そういういろんな人がランダムにいてこそ、地球を使う上でバランスがちゃんと取れているのが理想なのです。

プラスチックゴミの削減なら、トレーもなくさないと。昔ながらに竹の皮に新聞紙で包む？　そうしたら人件費がかかるじゃん、みたいにものごとはなんでもバランスなのです。目先のエコにだまされてはいけません。エコバッグだって、衛生面でも洗濯に使う水や洗剤のことを考えても全くエコとは言えないのです。

でも今大きな流れとしてマイクロプラスチックが注目されているのは、それが政治的なそして金銭的な意図によるものだとしても、全体のバランスかもしれないので、とりあえずそれでオッケーなのですね。なんにでも適正な状況が必要なんだと思います。

人間ってやっぱりうまくできていて、百匹目の猿だとかバタフライがどうしたとかいう理屈そのもので、たとえば肉が流行るとその分だけヴィーガンの人も増えるのです。合成洗剤がほぼ世の中を埋め尽くすと、なぜかマグネシウムだの微生物洗いだのがちゃんと出てくるのです。

だからとりあえずなんでも放っておいていいんだけれど、人間ってどうしても「改善しなくちゃ」というエゴがあるみたいで、人間さえいなければ地球なんてちゃんと寿命まで存在するんだから、人間を長く残らせるためだけ（長い目で見たら、残らなくても地球には支障がない、またなにか知的な生きものが生まれてくるかもしれないし）にどちらかというとじゃまなことをしてることが多いです。

だからこそ、そのときに流行っているエコ方法をなんでみんな鵜呑みにするんだろうと思います。考えて、なるほどこういうことか、と思いながら、自分の人生に合う方法にカスタマイズすればいいのではないでしょうか。

大切なのは全体のバランス。それは多分放っておいても取れている。だから自分は、自分の快適に正直になる。それだけだと思います。地球に対して間違わないのはその一部である自分の体の感覚だけです。

オリーブの実

◎どくだみちゃん

鯛

遊覧船に乗って、鯛が寄ってくるのを見た。
きらきらと光る鱗。
波が立って、青空はどこまでも続き、遠く

を飛行機が飛んでいる。

死んだ母がこの場所を好きだったことを、思い出す。

鯛がほんとうにたくさん見えるのよ！　と喜んでいた。

ホテルはなんのへんてつもない海辺のホテルチェーン。

清潔だし、親切だし、快適なのよ！

と言っていた。

母は、イレギュラーなことが起きるのが嫌いだったからなあ。

きっと、ひとり暮らしをしたら、いつも同じチェーン店に行っていただろうな、と思う。

イレギュラーなことが嫌いだから、いつも同じお店に行って、同じ人のサービスを受けて、その人に過剰に感謝する。

そういうところは、引き継いでしまったなとぼんやり思う。

タクシーの運転手さんの助手席に乗って、自分のいちばん優しい面を、社交的な明るさを見せている母の後ろ姿が浮かんでくる。

その面をちょっとだけ俺らに向けてくれよ、って、家族全員が思ったっけ。

でもあんなに楽しそうなら、あの面は、よかったのかもしれない。

外面では片づけられないなにか。甘いなにか。切ないなにか。

ほんとうは叶えたかったなにかだったんだろう。

売店で鯛みそが売っていて、みそにしちゃうんだ、とちょっとだけ胸が

痛む、
そんな海辺の午後。

焼きたてフォカッチャ

◎ふしばな
一理ある

引き続きニートの人生について取材（特にお金の流れについて）かつ考えていたのだが、シェアハウスに住んでいるphaさん[*26]の本の中に、チェーン店でないとごはんを食べるのもめんどうくさいという話があった。食券だとなおいい、最後に会計をすると思うとわずかに気が重いから、と。

確かに、私も昔そうだったかもしれないな、と太古の記憶を呼び覚ますような感じで思い出した。ひとり暮らしを始めた頃、緊張して、いろいろ話しかけてくるお店がもう面倒でしかたなかった、そんな頃のことを。

私の中には多分父方のDNAみたいなもので、「ひとり暮らしは金銭的にムダが多い、それにあまり意味がない、どうせ人がいないと人は生きていけないから」みたいな感覚が残っているので、そのあたりをあっさりと慣れで克服してしまった。

ほんの一瞬しかしなかったけれど、ひとり暮らしのときは、外で食べるとか飲むのは早い時間にちょっとだけ（「ワカコ酒」[*27]のイメージ）にして、家に帰っていろいろ仕事が片づいてから、「追いおつまみタイム」みたいなものを楽しむみたいな感じだった。遅くなると飲み屋さんも食事処も酔っ払いが多くなるから。

だから、克服できたのかもしれない。

引きこもり経験のある内気な男性だと、なかなかそれができないかもしれないこともよくわかる。

息子にバイトについて聞いてみると、個人店は深くなりすぎて大変だから、マニュアルがあるチェーンで大勢を相手にする方がやりがいがあるなあ、と言う。

でも聞いているといつの世も、若者がいっぱいいるところは修羅場なのだ。

私も某ソンで働いたことがあるからわかる。異様に多岐にわたる業務や、マドンナの存在や、廃棄食品の持ち帰りや、そのそこそこ腐敗した内実を！

でもみんなそこそこまじめで、そこそこいい人で、よかったねって感じであった。

私はただバイトに入って、ただ帰っていった。覚えがいいわけでも器用なわけでもない。それだけでもあれだけ変な人間関係を見ることができたんだから、この世のいろんなチェーン店でどれだけのことが起きているのか、考えただけでグッとくる。

　この、ついつい裏を考えてグッときてしまう感が、引きこもり卒の彼らのようにすんなりとチェーン店を利用できない年代の特徴なのだろう。

　逆に、私は個人がやっていた飲食店がいちばんよかった時代を知っている。脱サラで店を始め、家賃も今みたいに高くなく、行列もなく、「よし、あの軒先が空いた、俺、前にホテルのレストランの厨房で働いていた、それを活かして店をやろう」みたいな感じの人が存在しうる社会情勢で、かつ人生をちゃんと経験していろいろな人を知っているから、話しかけや距離感などのタイミングも決して間違わない、常連さん大好きだけれど一見さんも大歓迎、そういう人のやっている店のおいしさ、心地よさを知ってしまっているから、チェーン店が快適に思えないのだろう。

「チニャーレ」のかわいい包み紙

◎よしばな某月某日

　すぎむらしんいちの「最後の遊覧船」[*28]を読んで、ものすごく不思議な気持ちになる。

「波よ聞いてくれ」感もあるんだけれど、もっとあの、旅をしているとき独特の高揚感というか、それが恋にちょっと似てる感じというか。

それで、他にはどんなのがあったっけ、と思って、彼の[*29]「ブロードウェイ・オブ・ザ・デッド 女《ジョ》ンビ―童貞SOS―」というとんでもないまんがを読んだ。基本はロメロの「ゾンビ」と「アイアムアヒーロー」のパロディみたいなものなんだけど、そのショッピングセンターが中野ブロードウェイで、ゾンビがみんなオタクで、童貞と処女ばっかり生き残るという……しょうもないまんが。

あまりのばかばかしさに何回かふとんの中でのたうちまわるまで笑って、読み終わって、ウィキペディアを観たら、「読者層の拡大を視野に入れて、『最後の遊覧船』で復帰」と書いてあり、「このゾンビのしょうもないまんがからあのいっそう変なまんがで、読者層の拡大を狙ってるんだ！」と思ったら本気でおかしくなってきて、家族が寝静まった明け方の部屋で、肩を震わせてふとんの中で苦しんだ。

おじいちゃんが死んで悲しくて静かに泣いてるんではないんですよ！　いや、もちろんそういう夜もありますが、今はゾンビとかチンポで笑ってるんです、と思いながら……。

そういえば、「肋骨が痛い」と嘆くおじいちゃんのために、ひとつぱしりしてとにかくなにか和らげるものを！　と近所のサイケというかトランス系というかそういうお店で間に合わせで買った、そのわりには「一点ものの作品ですから」と7000円もしてぎょっとした、ものすごくクラブっぽい柄のクッションを、おじいちゃんは死ぬまでずっと愛用してくれた。柔らかさも大きさもいちばん快適だったそうだ。

その作家さんもまさか93歳のおじいさんの晩年に自分のクッションがあんなにも密に寄り添ったとは思ってないだろうな！

そういうことがあるからいっそう、人生のことは頭でこねくりまわしてもしかたないんだよな、と思う。

タイラミホコさんのライト

シケた時代

◎今日のひとこと

なかなかいっしょに仕事をしないアウェイの出版社さんとのお仕事があり、ゲラ（本になる前の刷りだし、そこに著者が赤字を入れる）を見たのです。

それは、「いいゲラ」でした。

半引退をしている私は、基本的にはつきあいが長く、信頼できる編集の人としか仕事をしません。ふだん関わっているその人たちのゲラももちろん「いいゲラ」なのです。過労によるかすみ目でほとんど字が見えなかったとき、そのおかしさをさりげなく優しくフォローしてくれた加藤木さん（元新潮社、現

じーじと孫

palmbooks）のゲラなんて、今思い出してもぐっときます。

でもその「いいゲラ」は、ずっとおつきあいがある人たちとのなじみのゲラではなく、一期一会であろうということがみっちりとつまった、気合の入ったゲラでした。

ゲラ自体がちゃんとした知性によってしっかり整っていて、「さあ、受け止めますよ、必要以上の手間をかけて内容をいじりはしませんが、しっかり削り出してあります、どうぞどんどん直してください、そこの手間はいといません」という構え。こちらも「よし、いい本にしよう」とていねいに見たくなるような、そんなゲラでした。ありがたいことです。

人はひとりで仕事しているわけではないんだなと改めて知りました。

だれかがそういう佇まいでいるだけで、人は襟を正すのです。ふんどしのひもを締めなおすというか。

ちなみに過去最低のゲラは、ただ対談の文字を起こしたのがどかんと送られてきたもので、私の「へ〜」とか、相手の「それがね、それがね」とかがそのままプリントされていて、多分編集の人は読んでもいない、そんなものでした。

文句を言ったら「それは参考までに送ったものでして」と言っていたけれど、もしあのまま直してもらえたら作業が楽になるからダメ元で送ろうというのが見え見えで、心から淋しくなりました。

これまでしてきたことってなんだったんだろう。編集者も作家も、夜を徹して本を良く

大きなかぼちゃ

しようと力を合わせたことって。そう思いました。

孤軍奮闘ではなくなるためには、自分が周りに働きかけなくてはいけない、あるいはそうでなくする仲間を見つけなくてはいけない。そんな時代の中を、ただただ必死で生きている感じがします。

◎どくだみちゃん

叶わぬ望み

トイレのすみずみまで磨き上げられていて、器も選ばれたもので、あちこちに修業に行った板前さんとかシェフがシミひとつない真っ白い服を着て一枚板のカウンターの中にいて、あらゆる人に目配りしていいタイミングで手の込んだものを出す……

そんなこと望んでやしない。

そういうことを求めているなら、お金をちゃんと払ってそういう店に行く。

オーダーの間違いや、なかなか出てこないことなんて、全然許してる。


たった数杯のお酒を、ちょうどいい味や温度で出して、
そんなに手の込んでいない和え物や焼き物を、こちらはたいへんな人数の団体ではない3人くらいで、そんなにたくさんの量でなくぽつぽつ食べて、高くてもひとり3000円くらいの。

それで、店の人は話しかけるでもなく、かといって冷たくもない。

それだけでいい。それでぽつぽつ飲めればいい。

窓から港が見えなくていいぶんだけ、「舟唄」よりもっと低いくらいの望み。

そんな大それた望みか？

まあ、わざわざ歌になるくらいだから、大それた望みなのかも。


ビルの中だったりすると、トイレの掃除もしなくていいのでは。

なのに君たちは一度もお客さんと目を合わせない。

来ちゃって面倒くさい、迷惑だ、そんな風情さえ見受けられる。

ひまだったら身内でおしゃべりできるのに、って。

最初は自分が年配だから、そぐわない場所に来たかな？　と思った。

でも違う。彼らは自分の友だち以外の客全員に対してそうだった。

全員に平等に心を閉じて接客している。

早く仕事終わらないかな、言われたことだけやって早く帰りたい。

そんなふんいき。

知ってる、この感じ。

イタリアのクラブっぽい音楽が流れるカフェとか。

アメリカの空港の中にあるダイナーとか。あ、日本人。猿。俺にはアタシにはかんけ～ね～。あ～、早くバイト終わんないかな、遊びにいきて～。が聞こえてくる、あまり明るい将来がなさそうなおしゃれな彼らの、入った方が悪かったという感じのお店。でも、意外にそれらのほうがまだ感情があるぶんマシだったりする。

にこっとすると異様なにこっが返ってきたりして（でもサービスには全然反映されないのが彼らのキモ）。

だんだん、だんだん増えている。短くしか存在できない前提のお店。人が育たないお店。

彼らの好む身内の若者はそんなにお金を落とさないから、すぐ潰れる。

潰れたらなにもなかったかのように、他の企業が経営している他の似たようなお店がちょっとだけ工事して居抜きで入る。チェーン店よりも高い分全くのムダだ。

いつまでこのお金のムダ遣いの茶番をくりかえすのだろう。政府とあまり変わりない。

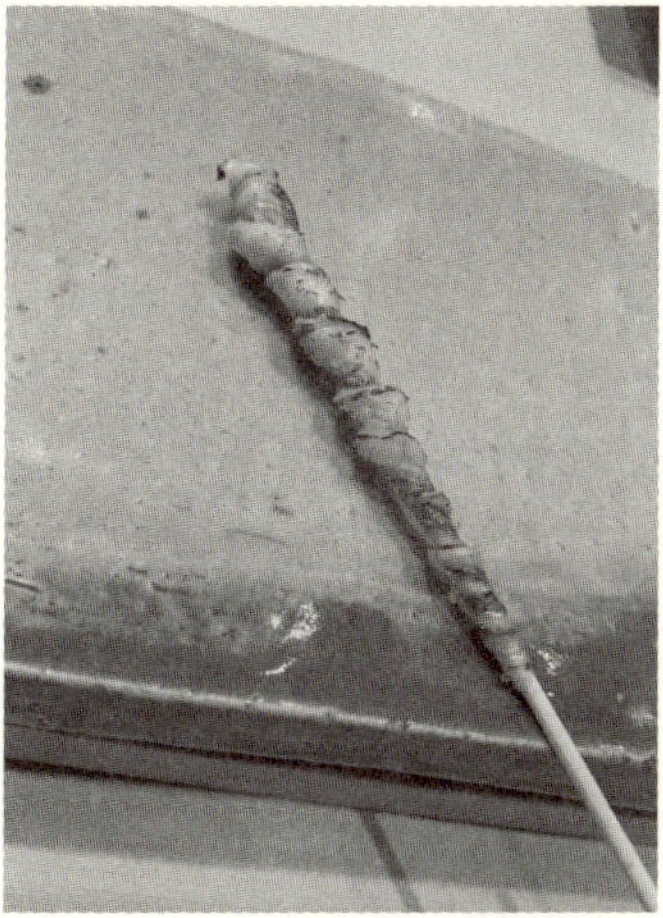
さより

◎ふしばな

ビッグバン

　そうは言っても、このおかしな時代の流れに抵抗して、かといって特に自然派やカルトでもなく、小さく小さく個人で回しているすばらしいお店が、少しずつ日本中に生まれている。地代や若さゆえの弱さやそもそもそういう動きを嫌う管理側の締めつけなどたくさんの障害があるが、これからの時代はそこにしかもう希望はない。

　たいていそれはそれでコミューンみたいになって部外者は入れない感じになるけれど、これはまだ時間の経過でほぐれていく可能性があるので、いいと思う。

　「ラバーズコーヒー」[*30]や「YUSHI CAFE」[*31]が土曜日にとっても混んでいるのなんて見ると、ものすごく幸せになる。

　前回書いたように、オタクや引きこもりがチェーン店にしか行けないのは、マニュアルで楽だから、人というものと接しなくていいからであるが、彼らだって、「知り合い、でもめんどうくさくない、決して踏み込んでこず、空気のように扱ってくれるが、空気みたいに無視しない」ところがもし近所にあったら毎日そこに行くだろう。

私にとって「ティッチャイ」[*32]がそうだったんだけれど、そしてみゆきさんのお料理の腕は最高だけれど、コロナ前から私はホテルみたいな回転率とスペースではないバイキング形式のお店が衛生面の観点からどうしても苦手で、そうなってから行けなくなってしまった。残念である。できたお皿を自分が取りに行く形式にしてくれたら、よかったのになあ。そうなったらまた行こう……！

でも、その小さなお店たちが、当然になり、居場所になり、支える人たちがいつくといいと思う。

そんな動きが決して途絶えないことを願う。森茉莉さんは「邪宗門」[*33]がなかったら、長生きできなかっただろう。

うちの父は歩ける間ずっと、近所の薬局、床屋↓コンビニでつまみぐいを生きがいにしていた。薬局や床屋のおじさんとちょっと話すことを。その2軒がたたんでしまったら、すごくしょんぼりしていた。

ちょっとした会話、どこかにとりあえず行ったという気持ちが、お年寄りを支えている。そのことの大きさを決して侮れない。

最近の郵便局員がやたらに定期や保険の勧誘をするのは、お年寄りにとってはもう詐欺みたいなものだ。いい人だと思って心開いたら、そこには理由があったという。

「ほぼ日」のものがたくさん売れるのは、みんなが楽しそうに働いているからだけではなく、糸井さんのセンスがばつぐんだからだけでもなく、「購入までの処理が楽しくて簡単」の草分けだからだ。野菜を売ったり、いろんな失敗もしてあの会社が手にしたノウハウがちゃんと生きているから。

テクノロジーと力を合わせれば、チェーン店に「勝つ」必要は全くなく、チェーン店の陰で生き延びられる。そんな希望も感じる。

私は決して「昔は良かった」系の人間ではなく、どうせコンビニなら、全部ロボットでいいよ、気が楽だしと思っている。初対面のよくわからないおじいさんに長々と囲碁の話とかされない店でゆっくり読書したいとも思っている。

でも、残るべきものは残った方がいい。

「何に」、残るべきものの「何が」奪われているかだけが問題なのだ。

いくらの下にごはん

◎よしばな某月某日

最近、Ｚｏｏｍを使った収録というのがわりとよくある。

何回か経験しているし、今日もやってきた。

すごく不思議に思うのは、やっぱりＴＶカ

メラとは違うのである。

あの無音の、そしてすごい勢いで吸い込まれる、ブラックホールっぽい感じがない。

カメラ自体はいいものなんだろうし、カメラの向こうに人がいるのも変わりがない。なのに、何かが違う。

ちなみに映画とかPVにちょい役で出たこともあるけれど、やっぱり違う。あれはあれでまた違う緊張感なのだ。

TVってやっぱり魔物だわ〜、と思う。

父が「TVはTVに映る専門家でないとやっぱりだめだ、なにもかもがあちら寄りに映ってしまう、編集のせいではなくて」と言っていたのが、よくわかる。

サブカル最後の砦、「晴れたら空に豆まいて」が危ないという話をお店の人たちから聞く。

「ワタリウム美術館」はなんとか残ったからほっとしているけど。

ものすごく淋しくて悲しいけれど、続けるのが経済的にどんなに大変で苦しいか、わかっているだけに何も言えない。

サブカル族はそっと地下に潜り、やはり自由を説いていくだろう。私もまたそのひとりだ。自然と文化と都会生活の調和を目指した、そんな時代が終わりつつある。でもいつまでもなくならない未来的な志向でもあるので、なんとかなるだろう。

「何回もクラウドファンディングするのは悪くてねえ」と晴れ豆のメロンちゃんは控えめな笑顔で言う。

「いろいろ無償で協力してもらってるから、どんどん飲んでください」

とお店の人たちがお酒を出してくれる。

その笑顔に胸がいっぱいになる。

なんでこんなすばらしいところが存続できないような世界になっちゃったんだろう。奇跡を待ちつつ、それでも生きていくしかない。

塩アイスとベリーのシャーベット

夜がのびるとき

◎今日のひとこと

若い頃、夜が永遠になり、明けないに違いないと思う瞬間が何回かありました。

それは、決してだらだら飲んで朝になっちゃうとか、酔っ払って記憶がぐちゃぐちゃになり長く感じるとかではないのです。

「あ、この一瞬は永遠だ」と思うようなあの澄んだ気持ち、夢の中にいるような、まるで恋のような、そんな感覚でした。

菊地成孔さんのライブを観ていると、何回かその瞬間を感じます。

それは、彼の音楽のものすごい力なんですよね。

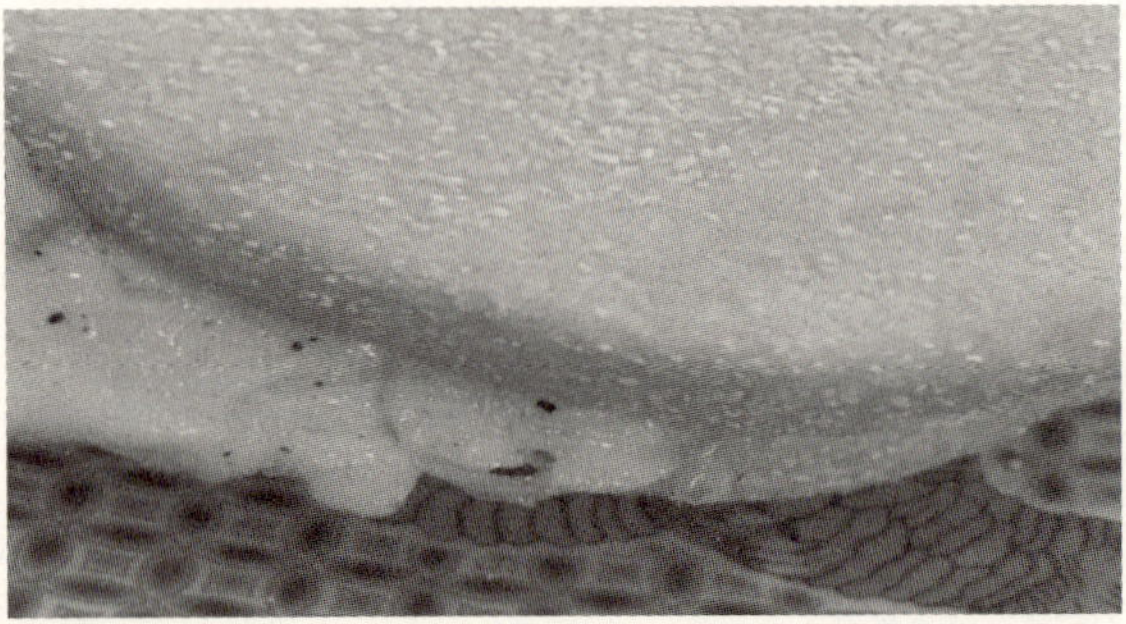

マフィン

歳をとって感覚が少し鈍くなってきたのであれば、この世には美しい音楽や映画や文学がたくさんあるのだから、それらの力を借りて、いつも酔っていたいと思います。

いつも酔っているほうが、人生は美しいです。

とある出版社に、ものすごい美女がいました。

顔も美しいけれど、なんていうか、ちょっととぼけていてうっとり夢を見ているみたいな人なんです。

2回ほどお仕事でごいっしょして、最初はすっごくとんちんかんな人だなと思いました。

全然色気も悪気もなく、著者と腕を組んで歩いちゃったり、著者をちゃんづけで呼んじゃったり。でも上品で、かわいらしくて、全然いやな感じではないのです。

仕事のできあがりも、満点ではないけれど全然がっついてなくてのんびりして確実な、誤字脱字などはきちんとチェックしてある感じ。でもプロモにがつがつ走る感はなし。あぁ、お役に立ててよかったなあ、って言いそうな雰囲気。

その人といっしょにとある高級なお店に行ったら、最後にお店のチーフを紹介してくれて、「実は私の彼なんです」と笑顔でおっしゃるのです。そのあとおふたりは結婚しました。

なんでだかはっきりとはわからないし、今は部署が変わって会うこともないけれど、彼女みたいな感じが人生はベストなんじゃないかなあ、と思うんです。

夢見てるみたいな感じ。羊が遠くを見ながら草をもぐもぐしているような感じ。

だから彼女にものすごいダメージを与えることもできないし、大成功もシャープな歓喜もないだろうけれど、その人生がとっても美しく優しい。

そのほうがいいなあって。

もうひとり知っていたやはりそんなふうだった夢見る美女は、夢のように生きるにはあまりにも現実が過酷すぎて、自殺してしまったんです。葬式では泣かないようにしている私ですが、彼女が熱心な読者だったこともあってそのときだけは泣きました。こんな人が死んじゃう時代なんて恐ろしい、と思って。

それから時代がどんどんせちがらくなっていったので、炭鉱のカナリヤという言葉が思い浮かんでしまうほど。

なんでそんなことを書くかというと、その美女とそっくりな顔だちの美女を知っているのですが、キリッとしていて、棘がちゃんとあって、かつ有力な男の人を次々ものにしてのしあがっていった人なので、同じ顔だちなのに全然顔つきが違うんです。怖くて、夢どころじゃない。

ああ、顔のつくりは関係ないんだと納得せずにはいられませんでした。

だから出版社のその人には、ぜひ生きていてほしいし、夢見ていてほしい。そう思うのです。

全く仕事をいっしょにしていなくても、彼女の夢の中でしゃべってるみたいなおっとり

炭の入った黒いパン

した少し低い声の響きを、今でもたまに思い出すと笑顔になるくらいだから。

　男尊女卑的な観点では決してなく、女性って、うっとりおっとりしているのがいちばんいいんじゃないかなと思います。姉御肌の人でも、ぽんぽんしゃべる江戸っ子でも、そういう人は目でわかります。一瞬を永遠に変えてしまう魔法を持っている、そんなイメージです。

◎どくだみちゃん
救済

　3年前犬が急死したとき、あまりにもショックすぎて、遺体を冷やしながら火葬を待っているその犬のかたわらで、ネットで子犬をたくさん見ていたことがある。同じ犬種の犬の子犬の動画や、死んだ犬の小さい頃の写真や。

それはとても残酷な行為かもしれないけれど、そして結局そんなにすぐには子犬を飼わなかったけれど、それ以外に耐えるすべがなかった。ほんとうに悲しくて気が狂いそうだったのだ。

そして数ヶ月後、新しい子犬を抱っこして帰ってくるとき、全てが癒された。もう、ほんとうに全てが。

こんな小さい赤ちゃんの命に、そんなに全ての救いがのしかかっていいのか？　と思うくらいに。

子犬は私の白シャツにおしっこをいっぱいして、漂白しても取れなくて最終的にパジャマにしたけれど、それでも幸せでしかたなくて、幸せすぎて泣きながら歩いていた。

あれほどまでに悲しかったから、これほどまでに救われるのだと思った。

子犬はなにも知らないながらも、私を全面的に信頼していることだけはわかった。相手も同じようについにあの箱の中から救い出してもらえた、と思っていたことだけは。

泣きながら家まで歩く道のりは遠かったけれど、ずっと幸せだった。

歓喜に近い感覚だった。

私たちを照らす太陽の光は、これから共に生きる世界をこうして一歩一歩歩くことが、生きるということの本質なのだということを静かに語っていた。

◎ふしばな
よく噛め伝説

ジョン・レノンさえやっていたというよく噛む行為。

ジョン・レノンにとってその効果がどうであったのか、不幸にもわからなくなってしまったその行為なのだが、私は昔から疑問だった。

よく噛む動物なんていないし、歳とっても歯がいっぱいあるアマゾンの部族の人もなかなかいないじゃないか、と。

それで思った。

もしかしたら、よく噛むことは問題ではない。硬いものをたまに食べることがとっても大事なのではないか、と。

犬も、骨ガムなどをかじっているときだけは歯の強さを感じてるイメージがあるし。

それで、引き続き考えてみたのだが、「がんこ職人」せんべいとか特殊なもの以外、コンビニに売ってるものって、添加物はもちろん問題だが、なによりも全部軟らかいのが大問題なんじゃないかなあって。

アタシの話よ、ごはんちょうだい

サンドイッチも、その具も、パンも、冷凍物も、レトルトものも、だいたいがぎゅっとつぶしたら小さくなっちゃうくらいふわふわなイメージがある。それがもし現代人がよく噛んでない問題とリンクするとしたら、問題は噛むことではなく、軟らかすぎることなんじゃないかなあって。

だから比較的硬いものをぼりぼりとたまに食べることは、理にかなっていると思うが、口の中でなんでもどろどろにするまで噛むのは、健康法ではあっても理にかなっていないな、と思う。

ただ、秋山龍三先生[*34]による、「そこまで噛むと消化に負担がかからず、断食と同じ効果がある」というのは理解できる気がする。胃腸が弱っていて断食のような効果を求める、そういうときだけすごく噛めばいいんじゃないかなと思う。

それと同じで、玄米も消化しにくいから、よく噛む健康法をしている期間はいいけれど、白米であってもよく噛むおかず、玄米に匹敵する栄養を含んだおかずをきちんと食べていれば、同じような意味になるような気がするが、多分玄米にはそれを食べる心構えという重要なものがあるから、なかなか玄米菜食に匹敵する食養生活は生まれないのだろう。

海外のリトリートセンターに行くと、ヴェジタリアン的な食事やとうふや味噌汁が本格的にまずい。これは、続けるのはむりだろうと思う。日本人が家庭で平均的に食べている和食ってすごい。それだけは掛け値なく思う。

甲野先生の刀

前にヴィーガンのアリシア・ベイ・ローレル[*35]さんが遊びにきたとき、大根をただ大きく切って、いろんなくず野菜のだしだけで薄味でゆっくりと煮て、オリーブオイルをたらしてゆずこしょうをつけたもの（まあ、洋風おでんみたいな）を出したら、すごくおいしそうに幸せそうに食べてくれた。まずその、簡単でも出汁でおいしくする料理の考え方が、和食の基本なんじゃないかなと思う。

◎よしばな某月某日

名越（康文）先生が「年齢が高くなったら、あちこち痛むし、不具合も出るし、なにか陶酔するものがないと人生は耐えられない。僕の場合はそれが歌だったけれど、みんなも、おいしいものを食べに行くとかだけじゃなくて、そういうものを持った方がいい」と菊地成孔さんとの対談で語っていた。

すごくよくわかる。

陶酔してるうちに死んでしまうのが、いちばんいい。

そんなことはなかなかできないことだからこそ、ぎりぎりまでは、そうでありたい。

陶酔って酔っ払うことではない。冴えに冴えて時間の感覚がなくなることだ。

先日、イベントの打ち上げで腹ぺこで初めてのお店に行って、営業時間が短くなっていたから、1時間で猛然とみんなで飲んだり食べたりした。イベント自体けっこうモメたりたいへんだったし、新しい試みでドキドキすることもあったりして、みんなかなり疲れていたので解放感があったから、そして好きな人だけがいる空間だったから、みんなが幸せだった。あのようなとき、夜は伸びるのだ。

私が夕方仕事をしにリビングから2階に上がると、犬と猫も上がってくる。

猫は机の上に、犬は近くのソファに。

他に家族がいなくて私ひとりの時間帯だからというのもあるだろうし、ごはんを待ってるんだろうけれど、もう、かわいくてかわいくて食べてしまいたくなる。

このどうにもならないくらいの強い気持ち、私が死んだとかこの犬や猫が死んだからって、絶対なくならないに違いないと昔から思ってきた。

空間に、登山でピッケルが山肌にぐさっと刺さるように刻まれる感じの気持ちである。

しかしごはんを食べ終わると急に彼らは冷たくなり、「2階？　勝手に行きな」みたいになるから毎日だまされた感があるんだけど。

咲き方!

夢を売る場所

◎今日のひとこと

特定のデパートがイメージできてしまうので、少しだけボカして書きます（笑）。

デパートって本来は、いわゆる外商というシステムが叩き出すすごい額でほとんど全てが成り立っていると聞いたことがあります。

あの全部が大きなショーケースみたいなもので、庶民の売り上げは大事だけれど命綱ではないというか。

今の時代はどう変化しているかわからないですけれど。

それぞれの家庭にごひいきのデパートがあ

お好み焼

ると思うのですが、私の実家は下町だったので、上野にあるデパートと池袋の西側のデパートに行くことがいちばん多かったかなと思います。父は毎日のように行っていたので、売り場を熟知していました。そして「かまくらカスター」を毎日10個くらい買ってくるのが日課でした。「かまくらカスター」はおいしいけれど、毎日それればかり食べることに追われていた私と姉は一時期見るのもいやになったほどです。

よく言われる昭和のデパートの屋上や食堂の思い出ももちろんありますし、建物の中を一周して全員がほしいものをそれぞれ眺め買い、足は疲れるけれど楽しくなるという、両親の世代にとっても夢のある場所だったと思います。

私がいちばん夢のようだったなと思うのは、当時住んでいた上馬から電車でもタクシーでも近かった二子玉川のデパートでした。

子どもがいる日々の夢の全部を、あそこで見せてもらった気がします。

シャネルのルージュ1本と、子どもが欲しがるジェラートと、自分にチョコレートと、書店で絵本と本を買う。それだけで、今日の辛いことみんななくなる、みたいな気持ちでした。帰りには今はもうない古奈屋でカレーうどんを食べて。

そんなにたくさんお金を使えなくても、南館のイデーのあたりで順番に家具を見ているだけで、いろんな夢を見ることができたのです。

アラビアのムーミンのマグカップを毎年揃えようかな（引っ越したから揃えなかったけ

ど）なんていう夢も見ましたし。

今でも覚えています。菊地成孔さんのラジオを聴きながら、別館の中の「フライングタイガー　コペンハーゲン」をぐるぐる回って歩いていて、なにかすてきな曲がかかって、うわあ、幸せだなあと思って、世界が急にキラキラした瞬間とか。

天国ってなんでも思ったものがあるというではないですか。食べたいものを思い浮かべたら出てくるし、好きな服が選べたり、したいことがすぐできるって。

きっとみんな天国が懐かしいから、ハワイに行ったり、百貨店に行くんだろうなって思うと夢を感じます。

エンジェルストランペット

◎どくだみちゃん
それでも

がらんとして、ほとんど誰もいない午後の渋谷のデパート。

こんなにもさびれてしまったのか、と悲し

くなる。

昔はいちばん流行っていた展示のやり方。

今は全く的はずれ。


人がいないから呼びにいく。

3人くらいやってきて、大した大口でもない私のいくつかのプレゼントものを、包んでくれる。

ていねいにぴっちりと。

丸いものもきっちり四角く。

リボンをかけて、中身を示すふせんを貼って。

お渡し用の袋もサイズを合わせて。


この技術や、思いやりや、気配りは、もったいないことに今や宙に浮いてる。

もうすぐ、消えてしまうのかも。


それでも、ていねいすぎるほどていねいなその考え方が懐かしくて、しばし昔の夢をみた。

消えてしまいませんように。

デパートで普通の人が生活の夢を見ることができる、あの魔法が。

ものがない焼け野原で、誰もが至上のことと思った暮らしの夢を。

明日も家族みんなが生きていて、みんなでそこに行けばそれぞれのほしいものがあって、笑いあって、これからもずっとそれが続くんだという儚い夢を。

いかとキクラゲときゅうりの炒め

◎ふしばな　最上級の

それじゃあ、ハワイのアラモアナセンターなんて夢の中の夢じゃないか！　と思うんだけれど、実はそうでもない。広すぎるし、品揃えが粗いからだ。なんていうか、○オンモールの感じ。

アラモアナの世界はアメリカのセンスとしか言いようがない。特に下のフードコートなんて、超アメリカっぽいものしかない。

でも、ニーマン・マーカスの上にある「マリポサ」は、やっぱりかなり天国に近いな、と思う。あの明るさ、人々の笑顔、ふわふわのパン。たまにはこういう夢もいいな、という感じだ。

わりとどうでもいいもの含めてたくさん買い物をして、袋をいっぱい持って、部屋に帰って、それを広げてわいわい騒いでから、夕方目の前のビーチに泳ぎに行ける。

それってもうかなり極楽に近い。

男性はちょっと違うのかもしれないが、女性にとってはもう、最高のプランだと思う。

　でもそれも、その旅の数日間の間に、田舎のほうに行ってびっくりするほど人がいない場所で泳いだり、ちょっとしたウォーキングで自然に触れに触れた後でないと、あんまり極楽感がない。

　ゴリゴリのアウトドアの人でなければ、オアフだったらそんな感じが普通の幸せではないだろうか。


　いつか息子とランチを食べそびれて、ショッピングセンターの中のドロドロにまずいタコスを食べたことがある。まずいと言い合いながら。その後思わずおむすびを買って食べたほど。

　でも、あんな小さい子を連れてアメリカの中を歩くのってけっこう緊張感が実はあるから、トイレも女子のほうに入れて互いに声をかけあい、時間を合わせて出たり、そんなにリラックスしていなかったと思う。他に友だちがいたり夫がいれば互いに助け合えるんだけれど、そのときはふたりきりだった。

　だから、そのときにはわからなかった。小さな子とふたりきりで、手をつないで歩きながら、なにか食べてホテルまでぽこぽこ帰っていくあのカラカウア通りがどんなに天国だったか。

　今思うと、懐かしくて涙が出る私は、全く子離れできていない。


　懐かしくて涙をどんどん出せばいい。自分を責めたりなにかを強いたりする必要なんてなにもない。だって人生なんてあっという間に終わって、そこで起きたことはみんなオッ

清らか

ケーなのだから。
　私の書いている小説はそんなに大した事実を描いてない。
　人は死ぬが、そして幽霊とかふんだんに出てくるが、彼らが見るのはいつも平凡な暮らしの幸せについてである。
　私の役割はそれでいい。夢なんて広げなくていい。心からそう思う。これを全うしたい。

◎よしばな某月某日

　千葉雄大くんがずいぶん早い段階でラジオでかけていた瑛人の「香水」。彼の冷たいイメージに重なってゾッとした。

　男の失恋とは、ああいうものだ。

　女性の失恋とはわけが違う。

　誰が歌ってもうまく歌える歌だけど、やはり本家本元のクズな迫力には敵わず、何回も胸打たれた年末年始であった。

　あれは、ほんとうに傷ついて、しかも大したことないはずとわかってるのにどうしようもなくて、時間を埋めるためにどーにも他の人に酷いことをしてしまい止められなくなった人にしかわからない気持ちだから。それがちゃんと詞や曲になって届くなんて、人間っていいなと思う。

「鬼滅の刃」がここまで人を惹きつけるのは、特定の敵がいて特定の期間全員ががんばってどうにもならないものかと思ったものを、なんとかする話だからだ。

全くコロナとダブっているし、竈門《かまど》妹の竹はマスクの象徴である。時代がついてくるって、時代を作るって、なんかそういうところがある。

やっぱり人間ってすごい。

近所にB&Bが来て嬉しい。なかなか見られないZINEなどもたくさんあり、いつも長く見てしまったり、写真集を買いまくってしまう。

でもあの街のスモールビジネスぶりにはもうあの区画にいる人しか入れないから、常によそもの気分だ。

私がいじけたじいさんなのかと思っていたら、ミポリンが偶然通りかかって言った。「あの街はお客さんを拒んでいます。寄り付けない」彼女はいつも謙虚だけど、すごい勘がある人だから、間違いない。

内沼（晋太郎）くんのセンスが大好きだから応援したいけど、人が入るのを拒むコミュニティだからどうにもできない、だからこつこつ本だけたくさん買う。

本をたくさん買ってからあの街を歩いても、誰も喜んで招き入れてくれないみたいな感じがして、ふらりとお茶もできない。私でさえこうなんだから、ほんものの引きこもりなんて太刀打ちできないだろう。だからなんだか淋しくなって、ヤマザキYショップ 代田サンカツに寄ってしまう。

「領収書は切手とビールまとめてあげたから、もし税務署で怒られたら、おばちゃんがボケて間違えたって言ってね！」とおばちゃんが言い、私は泣きたくなる。

人は昔からずっと同じ、笑顔で招かれたいし、ちょっと会話したいだけ。人の親切に触れて、心に触れたいだけ。ひとときの夢を見たいだけ。なぜそれがわからない。

ふんわり

幸せはここに

◎今日のひとこと

悲しいことがあって泣いていても、犬がひざに乗ってきて「どうした？」という目で見てくれるとき、急に思い出すのです。

愛犬が死んだとき、その目で明日ものぞき込んでくれたら、何もいらないのに、と引き裂かれるような気持ちで思ったことがあったことを。

ナスDが山のてっぺんの崖の先で写真を撮りながら、風に飛ばされそうになりながら、このときは必死だったし、疲れていたり、怖かったりして、すごい景色だとは思ってなかったんですけど、あとで考えたらものすごい

近所に毎年なる何か（レモンのようだがそうじゃない）

景色だったなって思うんです、というようなことを言っていました。

それと同じで（私なので規模はうんと小さいけど）、写真を整理しているとき、いつだって幸せだったなと思うんです。

そのときは悩みがあったり、怖かったり、お金がなかったり、友だちや家族や動物が死にかけていたり、体の調子が悪かったり、骨折していたりするんだけれど、超えた後に見たら幸せしか残らない。もし超えられなくて死んでしまったとしても、幸せは消えない。

こんなすごいことってあるだろうか、といつも思うんです。

決してポジティブに考えているのではないのです。

これがこの世の法則であることが、すごい

美しい空

と思うのです。

今日1日ぶじに終わるかどうか、だれにもわからない。だからこそ、終わってみたら幸せしか残らない。

命という観点から見たら、それしかないのです。

◎どくだみちゃん

実家

うちの実家は常に他人にあふれていて特殊だったから微妙に違うような気がするけれど、
たいていの友だちの帰省先にたまたま旅をしていて顔を出すと、
「もうずっとここでこうして暮らしてました」っていう感じのご両親が、
ご両親ならではの生活の決まったやり方でそこにいて、
「今は子どもが帰省してるから特別にはりきってますけど、ふだんはほんとうにもうのんびり暮らしてます」
っていう感じでお茶など出してくれる。

この人たちも若くて、いろいろ人生に動きがあって、その中で小さい子をこの家で育てていたんだなと思うとはっとする。

ここは人生の墓場なのか？　それとも安らぎの、実りの場所なのか？　その両方なのか？

心さえ新しくあれば。

今の時間の中に好きなものがありさえすれば。

彼らの目の光の中には「子どもがいたときが懐かしい」以外のものが宿っている。

自分がそこに一歩一歩近づいているのを感じる。

人生の新しいステージに。

先取りしがちな私はついついあれこれ考えるけれど、
考えたってしかたない。

人生はいつも悲しくて、怖くて、そして幸せなものだ。

死んだら消えるけれど、死ぬまではいつだってどの瞬間だって、両手に持ち切れないほどの宝物がいつもある。

なんと贅沢なことだろう。


金がない？　じゃ、引っ越せばいい。

豪華なレストランに行きたい？　じゃ、節約して行けばいい。

すてきな人とつきあいたい？　じゃ、自分の格をあげればいい。

そういう軽い動きができないネバっとしたなにかだけが、己を縛る。

小さなモッコウバラ

◎ふしばな

消えた人

写真の整理をしていると、死んでいないのに消えた人というのがたくさん出てくる。それも人生の習いなのでしかたがないし、縁というのは自分にもどうしようもない。たとえば小学校のいちばん好きだった友だちと、好きな気持ちは一切変わらないとしても、今会ったって、なにも再現できない。過去は過去である。

それが縁というものである。

縁があるときには毎日のように会い、そのあとはたまに会ってその日々を温めるだけになるか、縁が切れていくのか、誰にもわからない。だから逆らってもしかたない。

それでも、写真をたくさん見ていると、共通項はある。縁が切れた人はみな目に力が入っている。どうしてだかわからない。ぽかんとしていないのである。どんな瞬間も、ぎゅっとしている。目力が強いとかではない。意図や目的がある。

人はほんとうに自然に大好きな人といると、ぽかんとするものなのだ。力が抜けて、ほわ～とした顔になる。

そうでない人は、がんばってその場に存在している。がんばっているから続かなくなる、それだけのことなんだと思う。

知り合った最初の頃は、ひんぱんにやりとりしたり会うだろう。でも、だんだんといつもそこにいる感覚と信頼が芽生えてくるから、そうそうやりとりしなくても、会わなくても、大丈夫になる。
それがほんとうだし、自然だと思う。

目に力が入っている人たちは、何らかの欲があって、その場にいようとしたのだろう。人間とは実は敏感だから、その圧をちゃんと感じている。

一度、私が馬に乗りに北海道に行ったときに、ごくふつうに「馬なんて乗るのやめて、ドライブにしよう」と言い出した人が取材のグループ内にいた。私の取材であり、私の仕事の場であったので、「じゃあ、行ってきてください、私はとりあえず必要なので単独で馬に乗ります」と決して感じ悪くなく言ったことをよく覚えている。

それから同じ旅で、取材先の植物園があと2時間で閉館だというときに、ドライブの人が「どうしても追加でこれがオーダーしたい」とレストランで注文し出したことも覚えている。

そういう感じが、つまり、縁がない感じなのだ。それはのびのびしているのでも、KYなのでもない。力が入ってしまっているから、とにかくゆるめたくてそういうちょっとした抵抗を無意識にし出すのである。

肌で覚えている。この感じを感じたら、もうだめだなという感覚。ほんとうは誰もがセンサーとして持っている感覚なのだろう。

でも、人間は別れるのが悲しいから、なんとかして見ないようにしようとする。それはたくさんのケースの中で私も同じだった。

そういうことを全部ひっくるめて、自然に切れるものは切れるということ。
あれこれ考えてもむだなのだ。

かわいい箱

なにも考えないで、なるべくほわんとリラックスしていること以外に、人生でできることはないと言っても過言ではない。

この域に入るまで、どれだけ恐ろしい目にあったか、どれだけ悲しいことを味わったか、どれだけむだな時間を使ったか。体験し尽くしているので、確信を持ってシェアできる。

まさか、小さいときからずっと続くこの問題から卒業できる日が来るとは思わなかった。いるとしたらだけれど、神さまに深く感謝している。

◎よしばな某月某日

冬至のゆず湯にふだん通り粗塩も足したら、なんとなく「阿夫利」という言葉が浮かぶ。

ううむ、健康というか、鶏チャーシューになったような。

今日乗ったタクシーの運転手さんがかなりテキトーな知識を次々くり出してくるので、マスクの下で唇をかんで笑いをこらえる。

「PCRが早く全員打てるといいですけどねえ」

「去年まではイルミネーションに、あの、有名なぐるぐるがお金出してたらしいですがね、今年はやめたらしいです」

正解　ワクチン、Google

あの有名なぐるぐるって(笑)！

あれがもし「ぐるぐるマップ」だったら、逆に迷ってしまいそう！

「ビルとテッドの時空旅行」を観る。映画館にいるのは8人くらい。そりゃ、そうでしょう。

キアヌはすごいなあ、50過ぎてこの映画に戻ってくるなんて！

「ビルとテッド」の1作目を観て、なんて無邪気な笑顔でしょう！　とファンになったので。

映画の前、「つばめグリル」でタッキーとハンブルグステーキを食べていたら、後ろの席にお母さんと7歳くらいの男の子。懐かしい、そんなランチ。いつもふたりだったなあ。ふたりで今日はなに食べる？　といっしょうけんめい考えた。どんな恋愛よりも、世界に互いしかいなかった時期。

でも、今の息子を見ると、自分の世界を持っていて生意気な今の息子のほうがやっぱり好きだし、たとえば（ひどいたとえだが）、タッキーが死んじゃったりしたら、懐かしさは何もいらないから、タッキーとランチと映画行きたいなと泣くだろう。

　だから、人は実はいつも幸せなのだ。生きているかぎり、幸せはいつも目の前にある。

EIJIくんちのおでん

結実

◎今日のひとこと

コロナ禍の影響で少しお休みできたというのも大きいと思うのですが、最近、少し歳上の、ずっと走り続けてきた人たちの笑顔が、とても丸く優しく光り輝いているように思うのです。

たとえばユーミンさんや、さんまさんや、村上春樹さんや、清水ミチコさんや、糸井重里さんや、戸川純さんや。他にもたくさんの、私より少し上の世代の方たち。バブルど真ん中のときに若く、傷つき、働きに働いていた人たち。

どこかピリッとしてエッジがきいているの

原さんのパッケージのチョコレート

がこれまでのその人たちだったけれど、なんだか余裕があったり、ふんわりしていたり、かといって弱ったとかだらしなくなったというのではなく、なにかが結実して豊かになったような、そういうイメージが湧いてくるのです。

走り続けてきたこの人たちがこんなふうにリラックスした優しい笑顔になれるなんて、人生とはやはりすばらしいのだなと思います。それをリアルタイムで見せていただいているような気がします。

その人たちの目がいつも厳しく、笑顔も用心深く、どこかピリッとしている。そんな時期を見てきただけに、果実というもののすばらしさを感じるのです、人生の喜びが、ちゃんと先にはあるんだな、と思うとどんなに励まされるかわかりません。

そしてその人たちが明らかに「これまで走り続けてきた自分、こんなひどい状況の社会に対して、その中にいる自分のファンに対して、今できることをしたいし、できる」という自信に満ちているのがいちばん美しいところだと思うのです。

パンジー

◎どくだみちゃん
もうひとつの人生

姉が確か高校生だった頃。

進路に悩んで、真剣にムツゴロウさん[*36]に手紙を書いていたことがある。

まんがを描くか、獣医師になるか。

今でも結局猫についてかなり専門的なエッセイを書いているのだから、ある意味妥当な悩みだっただろう。

父も母もたぶん年代的にいろいろなことを言ったとは思うが、まんが家？　ふざけるな、みたいな親ではなかった。

そしてムツゴロウさんから「一度遊びにいらっしゃい」というお返事が来て、姉はそこでも悩んでいた。

私はまだ小学生くらいだったので、その悩みの全貌はさっぱりわからなかったのだが、姉は行かないでまんがを選んだのだと思う。

進路も美術系を選んだ。

もし姉があの王国に行っていたら、きっと姉は北海道で恋愛して、結婚して、子どもを産んだりして、いつも動物にまみれていて、私は寒いのが嫌いなのに遊びに行っていたんだろうな、と思うと不思議な感じがする。

そしてそうならなかった今が、とてもよくわかるのだ。いい意味で、流れ着いた果てが実っているのだから。

でもムツゴロウさんのエッセイを読んだり、ＹｏｕＴｕｂｅを観ると、なんとなくふわっと不思議な気持ちになる。

姉の人生が一瞬そこに飛んでいったのだと思うから。

彼の周りは昔からいつも真っ白に光っている。それは迷いのない人のオーラ。

それを見るたびに、小さい頃「お姉ちゃん、北海道に行っちゃうんだ、会えなくなるんだ」とちょっと悲しくなったことを、思い出すのだ。

まっ白

◎ふしばな

性

ムツゴロウさんが五十嵐大介[*37]さんと対談をして、「あなたの作品は性を描いてない、動物の根本はそこにあるのに、なぜだろう、それだけは伝えたい」というようなことをおっしゃっていた。

私はほんとうにびっくりした。そんなこと考えたこともなかった。そのくらい彼のまんがは優れているから。

生きて、動いて、食らって、そばにいる肉体を求める。

それが動物だ。

だとしたら、やはり、五十嵐さんも私もたぶん姉も、フィジカルに生きていないのだろう。性……めんどうくさい、それならまんがを読んだり考えていたい、でもないわけではないから最小限か変な形で！　みたいに生きてきたのだろう。

これってとっても大きなことだ。

お年頃の創作する人が集まると、恋の話ばっかりしている。だから頭でっかちになって、創作にはもってこい。

でもその間に、ほんとうにフィジカルな人は「しゃべっててもしょうがない」と街に出て恋を見つけてる。

そういう違いなのだ。どうしようもない。

だからどうしたほうがいいとか、そういうことではなくて、そこを作品の欠落として見抜いたムツゴロウさんのすごさに、目がさめる思いだった。

「孤高の人」[*38]というものすごいまんががある。絵がすごい。感動するとか話がどうとかいうよりも、絵が全てを語る作品だ。

ここには、男性の性の本質があまりにもよく描かれていて、むしろ性しかないくらいの状態の年齢の真実味が天才的に出ている。読めばわかるというくらい。

愛おしい奥さんはおっぱい。そそられる女はあそこ。そして気味悪い重い女は虫や妖怪。

わかりすぎて、恐ろしいほどだった。

あの人とこの人を足して2で割ったらいいって、そういうことはないから、創作は面白い。

そして創作する人は、行動してるひまがないから、創作の仕事ができる。
人類の分業ってよくできているなあと思う。でも、五十嵐大介先生の描く性も、読んでみたい！

不思議な色の花。アジサイのようだが冬

◎よしばな某月某日

寒いし、コロナ対策であまり出かけないし。なので、冬はほとんど今流行りのカシミヤセットアップで過ごした。カシミヤといってても安いのでいいのだ、どうせすぐ毛玉になるから。要するに温かいジャージとかスウェット上下みたいなものだ。

若い人たちの小さなブランドあたりの、価格も手頃で、家で着るのにぴったりの服。しかもオーバーサイズが流行っているからこれまたばっちり。下北沢にいる謎の若作りのおばあさんとして密かに生きていきたい。目立ちたくないし、おしゃれでなくてもいい。

ついに私もこのかっこうで外に出るようになったか、と妙な感慨を覚えた。おばあさんになるととにかくスニーカーしか履きたくないのである。あと寒いのはいやなのである。

やはり未来の服は絶対ボディスーツ的ピッタリ系ではないと確信した。

シンプルで素材がよくて体の線が出ないし思想が出ないセットアップ。これであろう。

たまに好きなハイブランド、私でいうとギャルソンなど個性のある世界を組み合わせて、みんな楽しむようになるのであろう。夏は毎日洗える服のほうがよいだろう。素材も家で洗えるものが好ましい。

しかし冬はそうはいかないので、拭いたり、ブラシをかけたりしてせめて2週間は保たせたい。

そして服というのは放っておくとどんどん古臭く布も悪くなるので、あまりたくさん手元にない状態にして、どんどん回転させるといい。

これしきの研究にいったいどれだけお金をつぎ込んだのだろう。そのひまに痩せた方が服が似合うのでは。

そう思うとゾッとするけれど、確実に学んでいるから、いいと思うのだ。

その家にいるままのセットアップで出かけ、早く武道館についてしまったので、そのへんの段差に座ってスマホから待ち合わせをしていたいっちゃんに「大勢人がいるから、ちょっと離れたところの地べたに座ってます。全身緑色のホームレスがいたら、それが私です」とLINEを送ったら、げらげら笑いながらいっちゃんがやってきた。

「いや、高級感ありますけど、でも」と言いながら。

なんだかな〜。

シナモンロール

善きこと

◎今日のひとこと

半引退してからいちばんびっくりしたことは、半引退したもののまあ、ちょいちょい外の仕事とか、人に会う仕事などはせざるをえないのでしているのですが、支度をする時間になると急に着替えたくなくて暗い気持ちになり、信じられないくらいもたつくことです。

当時は全く自覚がなく、さくさくと感情なく支度していたことを思うと、ああ、ほんとうにいやなことだったんだと実感しました。

体も心も「今ならもう感じてもいい」と言っているかのようです。

なので、なだめながら、早めに支度をしま

ペッパーくんといっちゃん

す。こんなにもいやだったんだなあ、と驚きながら。自由業ってちっとも自由じゃないんですよね。

　そしてなるべく気が重い仕事を受けないようにしています。

　あらゆる意味で比べちゃいけないですが(笑)、マリリン・モンローが遅刻ばかりしていたのも、こんなようなことかもって思います。

　変身して、「マリリン・モンロー」になって、自分をいやらしい目で見る人たちも大勢いるところに出て行かなくちゃいけない、外にいるときはずっとその自分でいなくちゃいけないっていう。

　高城剛先輩がまとめてくれたこととの受け売りですが、(ルドルフ・)シュタイナーの説では7年周期で人生の時期は変わるって言いますけど、それで言うと、これからは豊かな創造力を持つ「霊人」となり、自分らしく生きながら人のためになることをする時期に入っているわけで、逆に前の時代に固執していてそれができないと病気になったり、仕事ががたついたりするということなんだろうと思います。

　年相応に生きることは大切なことだと、本気で思えてきました。

　それでも、たいていの先生がもう「好きなことや楽なことしか描かない」年代に入られているのに、萩尾望都先生が進化しながらの現役バリバリな様子を見ると、感動します。もちろん決してムリのないスケジュールで描かれているのだとは思いますが、そのストイックな横顔に私は萩尾先生の描くエドガーを見るのです。

　いつか萩尾先生主催のパーティーがあり、そこで元ご担当の伝説の編集者の方が、「あんなにすごい『残酷な神が支配する』[*39]を描き切ったのだから、もうあんな大きな仕事はしなくていい、好きなことを少しずつ描いていっていい」みたいなことをおっしゃっていたのですが、そしてそれに一同深くうなずいたのですが、そのあとにくりだしてきた「ポーの一族」[*40]の新作のすさまじさといったら、前よりもすごいくらいなのですから、周囲の感覚をよそに、萩尾先生は常に進化しています。

　作品に関しては私もそうありたいと、心から願います。

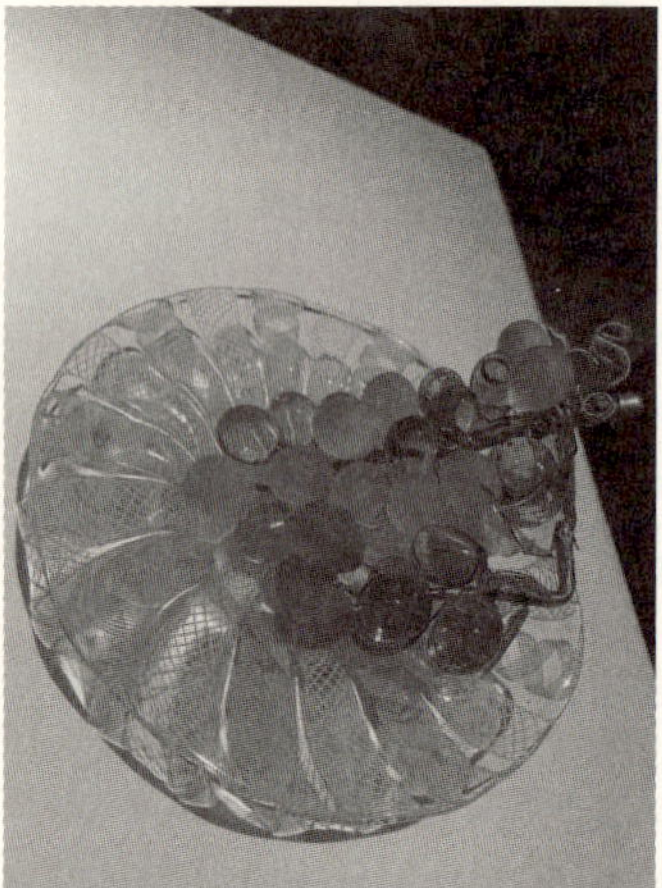

ガラスのぶどう

◎どくだみちゃん

夜のお肉屋さん

ひょんなことから、縁が切れそうになった人と、またたまに会うようになった。

とてもきれいな人で、控えめで、でも華や

かな仕事をしているので、若い頃はちょっと人当たりが尖った感じの人だった。

ひょんなことから、車で送ってくれることになって、その前に晩ごはんの材料をいっしょに買いに行こうということになり、近隣で有名な古いお肉屋さんに行った。

お肉屋さんは昔は多分八百屋さんも兼ねていたのだろう。今は薄暗くなっていて広い店内の一部だけがオープンしていて、なぜかグレープフルーツだけこうこうと照らされた状態で売っているのだった。

その光景が夢の中に出てくる店のようだった。

古いショーケースの中には、いろんなお惣菜や肉が入っていた。

昔ながらの感じで、揚げ物もその場で揚げてくれるような。

おじいさんとおばあさんがやっていて、手作りのものばかり。肉もそこで切られたばかりの。

ひっきりなしに主婦やひとりぐらしの男性がやってきて、その日のおかずをさくさく選んでいた。

「おじさん体調よくなりました？」

彼女は言った。

「整体だのいろんなことするんだけど、ぼちぼちだねえ、治りはしないなあ」

とおじさんは言った。

「いつもこれふたつもらうんで、もうひとつください」

「あ、しゃぶしゃぶ用の肉もください」

そう言っている彼女の素朴な優しい声と、寒さで赤く染まった頰が、人柄を感じさせた。

そうだ、と思い出した。

彼女と、彼女の歩き回り始めた赤ちゃんと、彼女の友人といっしょにお店に入ったとき、ソファがあるからいやすいかもと選んだ店なのにけっこう割れものが多くテーブルの角も尖っていたので、すぐ出た方がいいかなと思ったとき、彼女はとりあえず話にもさりげなく参加しながら、両手をうまく使って角をふせぎ、赤ちゃんを取り回しながら、決して赤ちゃんに対して声を荒らげず、興奮させず、その場を静かな遊びの回転の中に入れてしまった。

すごい運動神経、そして優しさ、と私は思った。

彼女の友人には子どもがいないので、全くおかまいなしにしゃべりまくっていて、それはそれで無邪気でよかったのだけれど、彼女が小さい子を座らせておく大変さに気づかせないようにしているから無邪気でいられるんだなあ、としみじみ思った。

そうだ、この人はそういう人だった。

いっしょに肉を選んで買って、車まで歩いて、送ってもらって。

そこには年齢も立場もなにもない、ただ昔ながらの穏やかな時間があるだけだった。

私はこの仕事について、どれだけのこういうことを失ってきたんだろう、と思った。

策略、用心。ハメられる、だから疑う。

延々続くそのループの中にいて、おかしくなっていたのは自分のほうかもしれないな、と思った。

硬くならないことが豊かさの元なんだと。

ひょっこり

◎ふしばな
やりすぎとやらなすぎ

先日旅から帰るための荷造りをしていて、ふと思った。

「楽しい、旅行楽しい、旅先で食べるのも楽しい」

そして夫に言った。

「旅先に嫌いな人や面倒な人がひとりもいないって、ほんとうにすごい」

そうしたら夫が言った。

「ふつうはいないんじゃない？」

そんなことはなかった。

20代の頃から、旅先にはいつも苦手な人、面倒な人、押しつけがましい人、行きたくないところに連れて行く人であふれていた。それが私の仕事の一部だったのだから、しょうがない。国内外どこでもそうだった。

それから常に相談されたり、ここにつきあってと言われたり、異様に時間に厳しい人がいたり、かと思うと、大貧民でわざと負けてくれるほどの気遣いをされたり、とにかく自分の時間なんてひとつもなかった。自然にしていて幸せでいることなんて、なかったのである。

夫は夫で極端な性格で、いやな人がいると口もきかないかその場にいなくなる。

「私なんて毎日がそうだから、いやな人なんてある意味いなくなったよ。もうそこにいちゃってるんだから、その場を楽しく過ごせればいいじゃない」

といつも言うんだけれど、私のほうの体験も極端すぎるのでちっとも通じない。しかも私はプライベートと仕事がほぼ混じっていて、ほんとうのプライベートなんてあんまりない。夫はそうではない。そこも大きい。

私にしてみたら、口もきかないでその場にいるほうがたいへんなので、てきとうに楽しく過ごして帰ってくるのだが、それでも降り積もるものはあったんだなあ、と近年感慨にふけっている。

あんな旅、なぜ行ったんだろう？　あんな会、行かなくてよかったのでは？　ああいう旅を断ることができることこそ、人生なのでは？　などとも思う。

夫と私を足して2で割れるとちょうどいいんだけれど、そうはいかない。

そして夫婦がユニットになっているからといって、決してこの件に関してちょうどよく楽になるわけでもない。

例えば南米だのミャンマーだのチベットだの、行くのが多少ややこしいところに行くとする。するとガイドさんが空港で待っている。数日間相性が悪くてもチェンジはできない。いっしょにいるしかない。いなくなれないし、しゃべらないわけにもいかない。こういうことが続くと、なにかが麻痺するのである。でもいやさは蓄積していく。

しかし先日のこと、バリでのドライバーさんは2回目の人で、その前のときも微妙だったのだが、そのときはますます微妙だった。荷物を安心してあずけられないし、このトイレだけは危険だし汚いから避けたいと前もって言ってもそこに寄ってしまう。好意で差し出した飲みものも「飲まないので」と受け取らない。

私たちの手持ちの荷物のありかを常に見はる視線が怖すぎたので、思い切って翌日キャンセルした。

それでどれだけ気持ちが軽く明るくなったか、計り知れなかった。

そういうことができない旅が多すぎたのである、私の人生は。

しかしそういう旅は、たとえば「自分の授賞式」「取材先の特殊な寺院」「その人がいないと入れない店」などなど、目的だけに視線をぐっと向けて、やりすごすしかない。

これからもそういうことはあるだろうと思う。

でも、減っていく可能性は高い。これこそが年齢を重ねた良さなんだろうと思う。若い

模様と合ってる、大きなバラ

女性と老婦人では危険の形が違う。危険な場所に行く可能性がある頻度も違う。

私はこれからじょじょに夫のように、いやな旅は行かなくなれたら。そして夫はいやな人がいることだけで自分の目的がだいなしにならないようにちょっとでもなれたらいいなと思うけれど、多分後者はないな。

◎よしばな某月某日

あまりにも周りの人全員が勧めるので、「A子さんの恋人」[*41]を読んだ。うさぎ青年のまんが[*42]からずっと、この人の描く「日常に会う友だち」像が大好きだ。そのへんにいて、なんでもしゃべれて、たいていのときに家にあげてあげられる感じ。もう若くないからなかなかそうもいかないけど、その頃のことがぎゅっとつまっている感じがする。作者の近藤（綾乃）さんも今はご結婚されてNYにおられるから、こんなふうではないんだろうけれど。

とにかく絵が良くて、情報量も多いから、

いつまででも読んでいられるし、何回でも読める。

新幹線の中でちょうど3巻あたりを読んでいたら、横にいたふゆかりんが「あ、そのまんが大好きです。モンブラン食べたくなったし」と言ったのだが、モンブランはそれよりも後だったので、「言わないで、特にA子がどっちの男を選ぶのかを言わないで！」と言ったら、「絶対言いません！　でも言いたい、言いたい！」と言った後でしばらくしてから、「横から読んでるものを見ちゃってごめんなさい」とあやまってくれて胸がキュンとした。

ホテルの窓からものすごい冷気が入ってきて、「寒い寒い」と言った。旅先でこういうことを何回も言う人はウザい。私だってそのくらいわかっている。でもいつも痛い痒い寒い暑いを正直に言ってたら、家族さえも慣れた。私も貫いた。

あまりに正直だと、水のようなものなのだ。相手になにか期待して言うのとは違うというのが、伝わるものなのだ。

「よかったら場所替わります」とふたりとも言ってくれたけれど、いくら風呂に入ったあととはいえ、このコロナな時代。それに悪いとわかっている場所に替わってもらうのも申し訳ない。

ホカロンを貼り、みんなのいらない枕を窓辺に置き、なんとか寝たけれど冷気は多少入ってきて、最後に寒いなあとつぶやいたら、となりのベッドのふゆかりんが「もういっしょに寝ましょう！　こっちに入ってきてください！」と言った。「いやいや、そんなことになっては親御さんに申し訳が立たぬ」と言ったら、いっちゃんが「いったいなにをしちゃうんですか、先生は」と言った。
寒がりつつ寝て、みんなより寝坊をして起きたら、みんなもうお茶しに出かけていた。
そしてふゆかりんのふとんが私の上にかかっていた。帰ってきてから、

「そっとかけながら、してやったりと思いました」と言っていて、やはり胸キュンだった。

別れ

2021年7月～9月

たんぽぽ天国

味方

◎今日のひとこと

入籍してないって税的にはすっごく損なことで、「しちゃおうかな、もう親もいないし」とよく思うんだけれど、母の前のだんなさんから籍を抜くのに苦労した両親が「入籍はしないほうがいい」と遺言のように繰り返し言っていた顔がついつい浮かび、また、うちは全員読者がいる仕事だったから、全員同じところだと読者の墓参りが楽かなとかついつい思っちゃって（笑）、でも「ハルノさんは大好きだけど妹は最悪」とか「隆明さんは尊敬してるけどばななってなんだよ」とか「ばななさん命、あとの家族などいらぬ」という人

東京ばな奈のパンダ

とかいるかもしれないから、まあ、考えてもしかたないか……とか言ってるうちに、しないまま一生いく感じになってしまいました。

夫のお父さんが亡くなっても、「少しは世話したから少しくらいは金をよこせ」とか思わないでいいのも言葉にできないほどよかったので（私も人間だから、入籍しちゃってたらほんのわずか思ってしまったかも）、ひとりで生きて死んでいくのが私には合っているみたい。

でも、夫のお父さんのお墓に行ったとき、「ああ、彼はここに入るけど私は入らないんだ、私たちはそれぞれがひとりで生きてると言えばかっこいいけど、ふたりとも子どものまま、大人にならずに死んでくってことなんだな」としみじみ思って少し情けなく悲しくなったり。

まあ、分骨して小さくふたりぶんだけ箱詰めして息子になんとかしてもらうっていうのもありだし。

でも、だとしたらパートナーでいる、いたことっていったいなんなんだろうなと思ったら、やはり「子どもを作って協力し合って大事に育てた」ことと、「どんなときでも互いのいちばんの味方だった」ということなんだろうと思います。

だからたとえばときに浮気したり、離婚寸前の状態になっても、「困っていたらいちばんに助ける権利」を有しているのが夫婦というものだとしたら、やっぱりよそに他の人と住まいを持ってちゃ（蛍光灯をすぐ換えるとか、深夜にラーメンを作ってあげるという程度のことだって）なかなかできないことだし、百歩譲って「今はこの人といるけど、いつでもかけつける」という何かが残っていたとしても、いちばんの味方にそちらの人がふさわしかったら、やっぱりそっちに行ってくださいね、と素直に思えるような気がします。

つまり、味方であること。できればいちばんの味方でいる権利を有していること。

これって、籍が入ってる人たちにも有効な考えなのでは。

咲きまくり

◎どくだみちゃん

ぽかん

おじいちゃんに会えなくなって、街もあのマンションもぽかんとしている。

なにかが足りない、だれかに会ってない、だれかの心配をしてない。

なんだっけ？

そうするといつも、おじいちゃんが別れぎわに私の手を握って「あったかい」と言ってくれた映像が浮かんでくる。

自分たちの命がけの味方をひとり失って、この世はますますうら淋しいところになってしまった。

もう会えないんだ、でも、ぎゅっとしたあとの、そのぽかんが薄れてきたら、なんだか楽になってきた。

人生の他のことまで楽になった。

きっとおじいちゃんが持っていってくれたんだ。

人が家で死ぬのはとても怖い。

言葉にできないくらい怖かった。

病院には看護師さんがいる。ベッドから落ちたら夜中でも助けてくれる。

苦しそうなら、薬で少し楽にしてくれる。

そんな緩和するものが一切ない荒野みたいな場所で死んでいく人を見るのは、怖かった。

動物は、抱っこしてトイレに連れて行って、まだ抱っこして連れて帰ってこれる。

そして寝ている横で仕事したり寝たりできる。

人はでっかくて、それができない。

夫は限りなくそれに近いことをしていたけれど、私はしていなかったから、ただぽかんとしただけだ。

がらんとした部屋を見て、くらくらしただけ。

ここであの人は暮らせていただろうか？

ほんの数ヶ月だけ暮らしに似たことをして、あとはほとんど寝たきりで、去っていってしまった。永久に。

でも今は、ぽかんのあとの、ゆるんだ気持ちを楽しんでいよう。

そりゃあ、そんなに楽しくない。会いたい。

去年の今頃はっていつも考えてしまう。

でもふっと抜けるときは、お花畑の上を風が抜けていくのを眺めているようないい気持ちになる。

おじいちゃんがくれたその気持ちを、眺めていよう。


ぽかんとして、どうしても力が入らない。入らないから、力が入らないまま生きる。明日できることは、明日しようと思う。もういいや、このままで。もうがんばるのはいいや。

なんだか清々しい、青空がすこんと遠くまで抜けてる。

これが人生か、迷路を抜けた後の野原があるのか。

ちらり

◎ふしばな
おばあさんたち

老後について思いをはせるようになって、健康はもちろんいちばん大切だけれど、おおよそ同業のみなさんはどんなふうかいなと思い、メイ・サートンとか、田村セツコさんとか、ル＝グウィン、森茉莉などをななめ読みしまくっているが、みなさん若い頃の心のまま、体だけ歳を取っている感じがすてきでキュンとなるばかり。きっと私もこうなるんだろうなあ、と思う。

その点、おじいさまたちには「これは書いておくと役立つ」「自分をしっかり保つため」という観点からの書いて残す感があり、その違いがハンパなく、自分はどちらかというとやはりおじいさん寄りなのだなあ、としみじみ思う。

自分の仕事のために残したいということは、56歳の若輩な私にもすでにほとんどなく、「知ってることを書いといたら、みんなの役にたつかも」という程度がモチベーションであり、「知ってることをよりうまく書けたら、自分も楽しいかも」くらいの気分である。

義理のお父さんが亡くなって、力が抜けてしまった。

人が死んでいく順番は、何回見ても慣れないし怖い。

でも、みんな同じなんだなと思ったら、自分もそうなることがとてもリアルに思えてきた。そうしたら、いろんなもめごとがどうでもよくなったし、なにもかもみんなオッケーだと思えた。

そんなとき、20代の頃からずっとライブに通っている原マスミさんのライブがあり、お父さんの心配がないから心おきなく出かけた。

若いときから聴いている昔の曲も何曲かやってくれた。

あのときも、このときも、北海道でも、神

戸でも、聴いてきたなあ。原さんも歳をとったし、私ももう60近い。ずっと、いろんなことで悩んでいたなあ。あのときも、このときも悩んでた。でも今その悩みのほとんどがない。すっかり消えてる。物理的に消えている。だからつまりあの消えちゃうことでもんもんと悩んでいたときもオッケーだったし、今悩みがあってもそれも要するに死ぬときにはオッケーなんだな。

心からそう思った。これから死ぬまでの道、ずっとオッケーなんだ、なんでもかんでも。

小さい頃からうんと親に愛されて自由に生き表現している人は、きっとこのことを肌で知っているんだ。そしてそうではなかった大変だった自分でも、60年近く生きたら結局知るんだ。ああ、よかった。

そう思った。

それというのも、定点観測みたいに原さんの音楽を聴き続けたからこそ悟れたことで、ほんとうに感謝しているし、ありがたい。

落ち葉の描く絵

◎よしばな某月某日

たった数日間滞在しているエアビーの部屋で、石濱さんが「ゆざわくーん[*43]、これあげるよ」ともう半分以上なくなってるマスタードシードオイルを手渡していた。数日間のために買って、もうこんなにないんだ、と私はびっくりした。

「すぐなくなるよね、これ」

とユザーンくんが言った。

そんなことない、めったに使わない、そんな珍しいオイル。家にないよ。

もう大阪に帰る石濱さんから「大変、カレーが余ってます」とメッセージが来たので、取りに行ったときのことだ。

「だいたい、こういう場所でこんなにもたくさんの料理をする人はあんまりいないよね」

とユザーンくんが言った。

私はそのおかげさまでタッパーに家族の分のカレーをつめて、しみじみと聞いていた。見たこともないくらいしっかり骨がついた羊の肉が入っている。よく見るあばらの部位ではない。どこのスーパーに行ったんだ！

「8時までしかお店がやってないって聞いたから、自分で作らな、と思って、キッチンつきの宿にした」

さらりと言う石濱さん。

そしてふたりは、「業務用スーパーでこーんなでっかいのを買うとごま油は安いよね」とか「スパイスはキロで買って自分でつぶすのがいちばん安いしいいよね」などと言っている。そんな機会ないからなあ。

石濱さんの家に遊びに行き、彼の部屋のある階にエレベーターが着くと、開いたとたんスパイスの匂いがしてくる。隣の部屋の人はいつも更新せずに引っ越して行くそう。

石濱さん「最近中国人のご家族が越してきて、反対側の廊下はいつも八角の匂いがしてるから、少し気が楽」

そしてユザーンくんの家もまた、いつもなにかしらのスパイスの匂いがしていて、外に聞こえてくる見事なタブラの練習の音。

う〜ん、ここまで特殊な人同士が出会えるなんて、人生ってほんとうにすばらしいな。

夏みかん

おいしい話なんて

◎今日のひとこと

尊敬する前田知洋さんが、ｎｏｔｅ[*44]ですばらしい記事を書いておられました。

全てに関して「ほんとうにそうだな」と思ったと同時に、前田さんの実力なくしてこの思想には至れないだろうと襟を正すというか、ふんどしの紐を締めなおすというか、そういう気持ちになりました。私なんて言われたとおりにカードを切ってもなぜか半分は逆位置に展開されてしまう（逆にいうとこれ神業かも……）という不器用さゆえに、あの方のおっしゃっていることのレベルの高さがよくわかるのです。本業で実力をつちかってきたから言えることがあるということが。

大好きなカレー沢薫さん（この人の思考のステージがあるとき上がった瞬間のブレイク

とみこはん界

感、一生忘れられない）が、「ひとりでしにたい」[*45]で、あやしいプランナーの生き様を書いていましたけれど、時代の中で泡のように湧いては消えていく様々な職業ってほんとうに、虚しく切ないものです。

　私の持っている床を拭くロボット「○ラーバ」は、もともと別の会社が作っている「○ント」という商品でした。「○ンバ」の会社が丸ごと買ったんだろうなと推測していますが、もし違っていたら勝手な推測でほんとうにごめんなさい。まあ、たとえ話と思って読んでください。

　最初に作ったほうは丸ごと買ってもらえて潤って他の会社を始めることができて、もともとの発明の良さは活きる。今の時代はそういう時代です。個人あるいは小さな会社の発明は大企業に吸収されていって、ある種のサブスク界に落とし込まれていく。それは全然悪いことではなく、ある意味未来です。消費者にしたらいつも手元にあるという安心感（電池や維持費に定期的なサブスク出費はあるが、壊れたら数日で同じものが安価で手元に届く）がいちばん大事だし、壊れたら買いに行って配送がいつで、という手間のかかる部分はどんどん減っていくのでしょう。

　個人も、発明したり特許を取ったりすることで楽しみを見つける時代はかなり終盤に入り、それをいかに企業に売り込むか、見つけてもらえるかが重要になってきています。そうやって時代は変わっていくんだなあ、と過渡期の世界を楽しんで見ています。

　そして結局抱くのは「近道」とか「楽して

儲ける」とかってほんとうにないんだなあ、という当たり前の感想です。それがあるように見せてお金を取る商売はあっても、実際に長く続いているものは地道で手間がそこそこかかって、自分をある時期はフル回転させないと成り立たないものばかり。

かといってむだな努力にはなんの意味もないです。「コツコツ」と「努力」をいっしょにしてる人があまりにも多くないですか？

この世ってよくできているなあ、と思うと同時に、一時的に儲かったなにかが、地道さを怠ってあるいは変革を嫌ってなあなあになってしまうと、どんな大きなクジラのような生きものになっていたとしても、ある日忽然《こつぜん》となくなってしまう。この法則のすごさを考えずにはいられないのです。

柿

◎どくだみちゃん

青いボストンバッグ

夫になる人とまだつきあっているとき、私にはほぼストーカーと言えるような人がいて、実際私の周りの人に会って回ったりしていて、少し憂鬱な状況になっていた。

今も忘れられないのは、なんにでも「〜系」とつける私の死んだ友だちが、

「ちょっと聞いてよ、あなたのことを好きな彼が家に遊びに来てなかなか帰らなくて、淋しいから慰めてくれ系の感じになったのよ。すぐ追い出したわ」と言っていたことで、それは「系」じゃないだろうと思って笑ってしまったことだ。

そんなことにまでなっていて、事態は決して明るくなかった。

でも、私はどこか楽観的だった。

それは、若くていつものように恋→恋に移ったのではなく、「この人とはほんとうに長くなりそう」という感覚があったからだろう。

いわゆる「年貢の納めどき」。

そんなとき、彼が海外で開催されるクラスに出るということで、成田に見送りに行った。

こんなモメてるときに2週間もいないなんて、淋しいなあと思いながら、ゲートで手を振って、あの透明なガラスのところでもう1回手を振って、そういえばソフトケースの鍵が壊れてたなと思って、鍵を買いに行った。

なにせ空港だからたくさんそういうお店があって、その中のひとつでセールになっていたサムソナイトのボストンバッグを衝動買いした。いちおう車輪がついていて、持ち手が長く伸びて、軽くて、優れてるなと思ったから。

しばらくは私のいろんな旅にそれを使って重宝していた。

大人でいうとちょうど2泊分くらいの荷物がぎりぎり入る。

その後自分たちに子どもが生まれたのにもびっくりしたが、子どもがそのバッグを使うようになったのにもびっくりした。旅の写真にはいつでもそのバッグが子どもと共に写り込んでいる。

どれだけたくさんの国の空港を、彼はその小さい体であのバッグを引いて、歩いていただろう。その光景はまだ目に焼きついている。

十五歳くらいまではいつも私が彼の荷造りをしていたので、そこに子ども服を入れる感触や、その服がだんだん大きくなっていく感覚をまだ手が覚えている。

子どもは17になり、もうそのバッグでは荷物が入りきらないようになった。

まさかあのとき衝動買いしたバッグが、18年間も保つなんて思わなかった。それにもまだ驚いている。

それでも私の頭の中で、海外の旅の思い出を浮かべるとき、いつもそのバッグが彼の後ろにある。よれよれになって待っているターンテーブルの前で、そのバッグが出てくるときの気持ちとか。

ものを長く持つってとても切ないことだ。

必ず別れがくるこの人生の中の、小さな死を見る。

新しいスーツケースを買ったのに、今もまだ捨てられない。

今度ごみが少ないときに出そうね、と言いながら。

こうして使わなくなって、バッグはただのものになっていき、捨てる日が来る。

「新しいスーツケースと彼が」する旅は、親以外の人とするほうが多いのだろうと思う。

それでも、心の中の小さい男の子の映像の横にはきっと、ずっとあの青いバッグがちょこんとあるのだろう。

玉座

◎ふしばな せこい

コンプライアンスだ、分業だからあっちの部署のことはわからない今から引き継ぎます、だ、あっちもこっちも制約制限ばかり。

前は広告主にさえ気を遣っていればよかったのに、今や全方位に無難な世の中、せめて自分のメルマガだけは言いたい放題したいと思いつつも、あまりにヤバいのでそこそこぼかして書く。


がんこでわがままなアーティスト先生であるのはほんとうだが、私は広告の仕事はわりと好きだ。

創作とは全く気持ちを切り替えてできる。ギャランティもいいけれどなによりも、そものものいいところを100％把握して、依頼主が大満足するものを書くのがものすごく気持ちがいいからだ。小説は終わりのない仕事だが、広告の仕事は「仕事！」って感じでさらにちゃんとフィニッシュ感がある。

それにしても今の世の中のタイアップの仕方ってものすごく巧妙で、どの方向に巧妙かというと、予算を抑えて広告する方向だ。

もし私に広告の仕事を真っ向から頼んだら、30〜80万円かかる。

でも、出版社が間にひとつ嚙んでいれば、10万円で済む。

そういう依頼の多いこと、多いこと。

ため息とともにお断りする。仕事があるだけいいじゃないか、という人もいる。

では、ちゃんと広告の仕事でプロジェクトを組んで、何人もが動いてちゃんとギャラが派生するお仕事の、その人たちの尊厳はどうなるのだ。その人たちは夜中まで撮影しているのに。

さりげなさを装ったメールが毎日のように来る。

「ブログで紹介してくださった文章を、SNSや帯で（無料で）使ってもいいですか（だってブログは無料で公開してるでしょ？　それを抜粋しても無料でしょ）？」

こちらはプロだ。いいはずないだろう。

「さきほど買ったドーナツを転売してもいいですか？　100円高く」とか「宣伝するから ハンバーガー100個無料で作ってください」って言えるか？

「リンクを貼るのは大歓迎ですが、抜粋はお断りしています。お仕事としてならお受けして書き下ろしますが」そう返信すると、「バレたか」みたいに去っていく。ダメ元で依頼すんなや。あまりに多いから、上記の文章はコピペで返してるってくらいだ。

あるところでごく普通の飲食をした。材料費、手間、いろいろ考えてどんなに人件費を載せても明らかに6000円のものを、2万円で売っていた。場所代とか雰囲気代なのだろう。でもごちそうになった場合、それは言っちゃいけないし、店名を書いちゃいけない。人としてそれはあたりまえのことだ。

しかしそこにまた行くかどうか、それだけは個人で選べる。

もはやそれしかできることはない。

椿

◎よしばな某月某日

食事中の方は、あとで読んでくださいね。

シロちゃんが実家に来たとき、まだ子猫に近かったけど脊椎の損傷で垂れ流し状態だった。

きれい好きの母は、「飼うのは絶対ムリ」と言った。私もきれい好きなのでわからないこともない。今は亡きオハナちゃんが、全面的に何もかも垂れ流し、しかし家中を歩いているという状態になったとき、すごくキツかった。でも、歩けなくなって下にペットシーツをひいておけばよくなってしまったとき、「垂れ流しでもいいから歩いてくれ」と思ったから、キツかったんじゃないんだと思い直した。

垂れ流しのシーちゃんやオハナちゃんの真ん前で食事するのもなかなかキツい。臭いもすごいし。でも慣れた。慣れるものなのだ。必ず最後に愛は勝つ〜。愛っていうか、慣れる。その存在があるほうが大事になる。

で、父は「自分も足腰が悪いから、今足腰が悪いシロちゃんを切り捨てたら、自分も切り捨てられていいってことな気がする」と言った。なんて父らしい。ちょっとサイキックなところがある父だった。

あんなにも母べったりで逆らえなかった姉が「飼ってダメというなら、シロちゃんと家を出る」と言った。母は負けた。初めて姉が大人になった瞬間だった。おお！　と思った。

シロちゃんは父の死、母の死、姉の闘病だの骨折、全てを見てきた。そして姉だけを見つめていた。ボロボロの体で、姉のためだけに生きていた。姉もボロボロの心と体でシロちゃんを病院に連れていって、数日に1回、排泄物を出す治療をしていた。ほんとうにたいへんだったと思う。でもシロちゃんは限界まで姉のために生きた。17年間、姉だけを思い、姉のそばにいた。

その死に顔は、ほんとうに観音様みたいで神々しかった。

あんな体で外に出て遊び、病院に通いウンコをしぼられ、いつも姉と眠り、姉とくっついて過ごした。そんな生き方を人間はできない。偉大すぎる。

姉も偉大だが、姉はもう半分猫だから当然かもしれない。

自分にほんとうに極端にお金がなかったとき、姉のベーシックインカムを作り出すのが大変すぎて事務所をたたんで人員を削減したほどだったが、「そんなでかいしかもボロボロの家、売って猫と引っ越しちゃえ」と言った自分だが、強くうながさなくてほんとうによかったと思う。

もちろん自分ならきっとそうするし引っ越して「うお、新生活、楽しい」とか思っちゃうタイプだけど、姉はもはや猫だし猫がいちばんだからしかたない。シロちゃんの命があの家でまっとうできたことを、よかったと思う。

シロミちゃんさよなら

先どり

◎今日のひとこと

私が小説家になったとき、中上健次さん以外の大人の男、ほぼ全員に言われました。

ちなみに中上さんは、ばななはいいよ、飲み屋のママに好かれるし、実はばなながが書いてるみたいなのが小説って言うんだ、と言ってくださった。一生忘れない。

後の方たちの意見をまとめてみると、女性向けの小説、少女まんが、こんな男はいない、なんだこのだらしない男は。この女らしくない女は。こんな浮いたような生活する人はいない、この世は金だ、働け、汗をかけ、サガンじゃないんだから、まじめに稼げ。

だいこん

みたいな感じでした、ざっくり書きますと。

でも、なんだかわからないけどあれだけ売れたってことは、みなの潜在的な心の中にあいう部分があったということでしょう。

「吉本の小説は全国の女性のマイナー性を炸裂させたな」っていうのは当時の私の先生の名言ですけど、それだけではなくあの作品にはなにかしら、これからの時代の匂いがしたのではないかと思います。

三十数年経って、世の中を見回してみると、逆に私が「おい、マグロ漁船に乗ってこい、でなければカニ漁に行け」と言いたくなるような趣味に生きる柔らかい男性たちがあふれ、彼らはライフスタイルのためなら食べない、飲まない、遊ばないことさえ可能。いまだにお金がたくさんある人たちときれいな女性の組み合わせのサクセス感は消えていないけれど、そうでない若い人たちもたくさんいます。海外にもあんまり行かないし、冒険が好きなわけでもない。それぞれがなるべく自分の好きなように生きることがだんだん可能に近づいています。

やっと、時代がちょっとずつ、当時描いた私の世界に近づいてきたとも言えるのです。

ムダな努力。それこそが私の忌み嫌うものでした。そんなに必要もない朝礼をするために7時に集まるとか、給食を残したら全員がいっしょに待つとか、もしそれが軍隊で自分が望んで入ったのなら、しかたないですが。

結婚という制度だってそうです。一見ロマンチックだけれど、そしてしたい人はすると

宿の朝ごはん

いいけれど、たとえば長年連れ添われているムツゴロウさんと奥様は、結婚という制度がなかったら今いっしょにいることはないでしょうか。きっと違うと思います。

これからの人たちは力を合わせて、ゆるやかに近くに住みながら助け合って生きていくのではないでしょうか。

こんな政策ばかりの政府だと、そうするしかないかもしれないですから。

こういうことばっかり書くから、官公庁の仕事が来ないんですけどね（しないけど）！

◎どくだみちゃん

それだけ

たくさん歩いて汗ばんで、

明るい店内に入る。入り口で野菜をカゴに

入れる。

肉を買う人が多いから、肉のショーケースの前にお客さんが並んでいる。

1週間分の肉をまとめ買いするから、たくさん指差してお願いする。

カゴをいただきますね、とお姉さんが言う。野菜と肉の合計金額を払うと、袋は有料ですがいかがいたしますか？　と聞かれることはなく、

全部をきちんと入れた袋を手渡してくれる。ありがとうございます！　と心をこめて。

私が誰とか関係ない。だったそれだけのことで、帰り道は気持ちが明るい。

晩ごはんを作っているあいだも、まだ明るい。

もりもり咲き

ちょっと服がぶつかった人に「チッ」と言われたり、すごいスピードで歩道を走る自転車をやっとよけたりして、気持ちが荒んでいるときに、昔ながらの花屋さんで買いものをした。

ごめんください、と言うと奥から出てきた

おじさんが、さくさくと花をまとめてくれて、「チューリップはほんの少しの水で活けてくださいね、花瓶の底このくらいでいいです。たくさん水につけると長持ちしませんから」と笑う。

花を抱えて店を出る頃には、心の荒れはすっかり消えている。

いい仕事だ、と思う。

私は書くことでそんな仕事ができているだろうか？

常に問いかけていなくてはと思う。

◎ふしばな

エリート

あまりにもヤバすぎて詳しく書けないけれど、私の幼なじみにひとり、ごく普通の家に暮らして公立の学校に行きながら、東大（しかも文学部ではありません、当然）を目指していた人がいた。お母さんも教育熱心で、成績もよく。彼は彼なりに鬱屈していたのか、ませていただけだったのか、なんだかわからないが早いうちから彼女を作ったり、呼び止められてふりかえるとちんちんを出していたりしたが、そういう人なんだろうと思ってふつうに友だちとして接していた。

あるとき彼の話題が出たので軽く検索してみたら、ほんとうに東大に行っていた上に、某アメリカの億万長者関係の会社とか外資系のすごい商社とかの代表取締役を経て、しっかり役員になったり、日本の企業の相談役になったりしていた。

夢はかなったどころか、だれもがうらやむ

木ぼりのほおずき

エリートになっているではないか。

エリートの道ってそういうものなんだと思う。なにごとにも代償はあるというか。

だからなに？　というのではなく、世の中にはそうしてまっすぐにきれいな一本道でそういう世界に行く人も確かにいるし、基本そういう人たちが世界を仕切っているけれど、そうでない人のほうが多く、そうでない人たちの人生を彼らはあまり知らない、いろいろ体験を省いて偉くなった人たちが集まって、そうでない人たちについて何を考えても仕方ないっていうのは自明のことだなと思う。

◎よしばな某月某日

ベーシックインカムって何？　どこの国でどう取り入れられてるの？　と思ったのと、TVでクロちゃんとディベートしてたのが面白かったから、2日間、ひろゆきさんの本をたくさん読んだ。節約のしかたとか、賢さとか、やると決めたらやる感や、赤羽感など、すごく面白いし、たくさんお金を持っていてお金持ちの生活をのぞき見つつ結局どっぷりとはしない感じもいい。使命感や義務感のなさもいい。

　でもたくさん読んだら、この、ヒヤッとする感じ、ちょっと微笑ましいけど鼻がツンとする感じ、胸焼けするような感覚、なんか知ってると思ったら、そうか2ちゃんねると初期のニコニコ動画だ！　とあたりまえのことに気づいた。

　あれらは、彼のカラーを持った彼の作品だったのだ。

　こんなにも全てが作品な時代に、若い人たちはなぜか、みんな文学賞や文芸誌からの出版を目指している。時代を逆行。

　私はしみじみとその逆を行く。

「新潮」の矢野くんが引退したら、もう文芸誌と縁は切れちゃうな。

みかん!

淋しく思いつつ、流れならしかたないなと思う。

たまたま子どもが昼間いたから、〇屋からビーフカレーとジョージア料理の鶏クリームガーリック煮を、浜ちゃんが宣伝してるところを利用して取る。ここは専用バイクだから他より揺れないしかなり安心。安いし、このジャンルなら配達でもお店で食べるのとあまり変わらない。コンビニといい、そこそこおいしいけど安い、に関して日本ってほんとうに世界一。まあいっしょに食べるお味噌汁と野菜類は自作で、それは大きな違いだけれど。

東京は高くてまずいものが多すぎるから、高くて遠くから来て冷めちゃったものを食べるよりもいいかもしれない。

それぞれの部屋で仕事や勉強しながら勝手に食べて、なんだかのびのびして楽しかった。

人間味がいいとかじゃなくって

◎今日のひとこと

私だって人間だし、変なジャンルでストレスを感じやすい（回覧板回さなくちゃ、午前中に〜！　とか、のんびりごはん食べてるときに急に目の前の人が借金とか仕事の申し込みをしてくるのがほんとうに辛いとか）ので、いやなことはよくあります。

でもぐちを書くことだけはつまんないからよそうと思っています。

「読んでいる人がお金を払ってるから」だけではなく、人のぐちは役に立たないからです。

役に立たないことが癒しになることもまた多いのですが、この場合は、役に立つところ

目黒川

まで昇華してこそのプロだと思ってます。

それで、ある種の人にはマジで役立ち、ある種の人にはただの読みもの、そこまで行けるといいなあと思っています。このメルマガ。

週に1回ほど（厳密には8〜10日に1回）、さらっと読んで、ちょっとだけ考えて、忘れる。この間もこんなこと、似たようなこと書いてたな、あの人、と思う。

でもいつのまにか呼吸がちょっと楽になったり、孤独がほんの少し薄らいだり。そのくらいのことが長い時間かけてできたらなあ、と思います。

これもまた何回も書いていることですが、こうしてたまにくりかえして少し違う書き方で書きます。新しく読み始めた方も常にいる、全てがリアルタイムの時代なので。

ほとんどの人類は、なにか書くときに「noteだったらこのくらい」「メールはこんな程度の感情の吐露」「単行本はこういうふうに」みたいな常識バイアスがかかっているけれど、それをたまに思い切り逸脱することこそが、自由への鍵だろうなと思うので、そのへんの枠を取っていきたいです。

私のフラの先生が言っていました。「これが人生最後の踊りだと思って毎回踊りなさい、練習だからって手を抜くのはだめ、踊りがだめになっちゃう」

偉大なマジシャン、前田知洋さんも「毎回『これが人生最後のマジックだ』と思うようにしている」と書いておられました。

大切なのはそういうことなんだと思います。

バリの兄貴がコロナ禍の期間、バリ島のいろんなところへ行って、秘書の美女たちと運転しながらいろんなことを話したり、ただごはんを食べたりするのを配信していたのですが、そのなんでもなさとバリの景色にすごく癒されました。

今風に言うと「癒しでしかない」です。

でも、その中にたまにチラッ、チラッと、兄貴がものすごいことを言うんです。人生やお金や雇用についての、鋭いことを。

そういうバランスがいちばんいいなと思います。

バリの鳥の声や風の音や濃い緑を見ながら、兄貴たちの声を聞いてうたた寝したりすると、淋しさや硬さがみんな取れていくのがよくわかりました。

これからの私は、出産だとか親の死とかいう大きなイベントは終えた上で、歳を取っていくという観察しがいのある道のりを歩んでいきます。

ブログのほうでは一般の人が読んで読みやすい文体で当たりさわりのないことを書いているので（それこそが癒しなのかもしれませんが。そしてアメブロからインスタに移行しましたが）、こちらでは一歩踏み込んで、時代の変化など見ていけたらなと思います。

ドキッとしたり、どぎつかったり、刺さったり、それが心に残っているのを自分なりに考えたり行動して印象を変えていく、そういうのこそが真の癒しだと思うからです。

「ラッセ」のデザート。閉店してしまった！

◎どくだみちゃん

暮らし

犬と猫がいつも安心している。

それは私がコロナ禍と骨折で家にいがちだから。

出かけるとなると「ん？　なんで」という顔になる。

それは彼らが幸せな証拠。

家でする仕事だから、まあ、前から基本的にはずっと家にいた。

連続して出張が入ることがあっても、だれかは家にいることが多かった。

それでも、私がいるということがこんなにも何かを安定させるなんて思ったこともなかった。

子どもは「持って歩いていた」から、不在を感じさせたことはあまりないと思う。

でも、家でダラダラしたいなあというときに外にいるのはとても苦痛だったろうと思う。

申し訳ないけれど、二択で、会わないことよりも持って歩くほうを選んだ。

出先の大人の人たちが、子連れだと面倒だなと思っていることはよく伝わってきた。でも短期間だから目をつぶってくれ、と思った。

これは英断だったと思う。

動物や小さい子は、目の前にいないと「いない」と認識する。

触れるところにいれば、どんなところでも、「いつもいる」と思う。

それだけが安定して育つのに大切なことなのだ。

親や飼い主の事情なんて、彼らにはわからない。

今回の動物たちには、「いつもいる」と思ってもらえる時期ができてよかった。

そして子どもが家を出て、たまに立ち寄るとき、実家に帰れば基本、いつもいるなと思ってもらえるようでありたい。

自分の足とか手を見るとぎょっとする。だんだん年寄りの肌になってきてる。皮膚の表面が薄く張る感じ。

残り時間の短さを感じる。

でもまだまだこの中間時代は続くから、楽しもうとも思っている。

若いときのようにがむしゃらに楽しむのではなく、ただ生きていることを楽しもうと。

こんなに歳を取った私よりも、先に歳を取っていく犬や猫を切なく見つめて。

◎ふしばな

リスク

この内容はうっすら批判っぽいから、うんとぼかして書く。どこかの国のおとぎ話くらいの気持ちで読んでください。

「明天好好」のカップ

まみちゃんが「包みが多すぎてゴミがすごいし、お皿に移し替えたりするのも面倒だし、結局使わなくなっちゃった、あのサービス」と言っていた。今や街中を走っているあの食事宅配のチャリ。

私も例にもれず、忙しいときやどうしてもあと1品ないと高校生が満足しないというようなときに愛用していた。

20回くらい頼んで、トラブルは2回。

1回目はつけ麺の3つの汁が全部、チャリの揺れで3分の2こぼれていたとき。これではつけ麺ではなくて「麺」である。

さすがにヘルプセンターに書き込んだが、全く返答はなかった。その件は今もそのままだ。ちなみにこの現象は、Ｔｗｉｔｔｅｒでもよくありますね。自己責任とか個人事業主というのがキーワードで。

結局家にあるラー油などでなんとかまぜ麺まで持っていって食べた。

2回目が問題だった。

やはり麺類だったのだが、私の家は密集している家たちの中のちょっとややこしいところにあり、よく配達の人が迷う。なので、料理ができて運ぶ人が受け取った瞬間に、家の玄関までの説明を細かく書いた。こういう車のある家のとなりの、そっくりだけど違う家で、こういう木が生えている、こういう玄関で、ここに置いてくださいというようなことだ。

配達終了の画面が出てきて、玄関に置いてある写真があったので、取りに行った。しかし玄関脇にないのである。門の前にもない。駐車場の車の脇にもない。

困ったなと思い、「届きません」というところをクリックしたら、なんと即お金が返金されてしまった。これにも困った。

しかたなく家に入り、取り直すしかないかな……と思ってよく写真を見たら、なんとなくだが、頭のすみで見覚えがある色彩だった。

そして歩いて行ってみたら、数軒となりの家の玄関の前に、うちの夕食が置かれていたのであった。

防犯ライトが通るだけでもついてしまうその家、よくよく写真と見比べて侵入して取ったが、トラブルの予感でいっぱいだ。もしその家の人もたまたま宅配食を取っていたら、単なる泥棒になってしまう。

中身を確認して、うちのもので間違いないとほっとしたのだが、すでに30分が経過。麺はのびのび、汁は冷めている。チンしてもぶよぶよだ。

「いいか、ただだし」と思えるほど、若くもないし、ひまでもない。

配達の人は、メッセージを読まず、住所通りにてきとうに置いて、連絡もせず（電話もメッセージもなかった）、帰ってしまったということだ。

そしてもちろん高評価もチップもあげる気になれないから、マイナス評価をするんだけれど、その人が家（多分彼の中では数軒隣の家だけど）を知ってるというだけで気持ちが悪い。

これは……ごはんどころじゃないな！　と思った。

だいたいのときはちゃんと届くし、返金されるようになったからいいじゃんと思いたいけど、これだけのギャンブル性に時間とお金をかけるなんてとてもじゃないけど割が合わないし、お店の人は心をこめて作ってるわけで、ほんとうに虚しい。こういうことが起きる確率は低いとはいえあるわけで、そりゃそうだろう、どんな人でも登録すればできる仕事なんだから。リスクが高すぎる。

某カリとか某オクにもそういう要素はうんとあるけれど、時間の要素や住所特定というリスクがないだけ全然マシだ。

「返金されたままでいいです」とヘルプセンターから翌日連絡がきたけれど、もやもやしたまま、もうアカウントを削除しようと心から思った。こんなおじいさんには、見知らぬ人の家の前に置いてあったものを食べるというだけでもう、耐えられない。まあ、食べたけど！

この短期間に2回っていうことは、どれだけのトラブルを、会社と雇用関係ではないあの配達員たちは起こしているのだろう。まじめに揺らさず持ってくる人も多いだけにとっても残念だが、システムがああである限り、どうにもならないことだ。

すきまのどくだみ

◎よしばな某月某日

もうギャルソン以外のブランド物に興味がない私をいきなり襲ったＧＵＣＣＩドラえもんの衝撃。すごく勇気のあるデザイン！

絞りに絞って数点買った。頭の中のひろゆきに怒られる！　ホリエモンには褒められる。へそくりはなくなる。

とりあえずバリバリ働いてまた貯めよう……。

財布は一生使おう。

そのことをしみじみとタクシーの中で友だちに訴えていたら、「うろ覚えですけど、びっくりするようなものを見るとき、人は死を忘れてる、みたいなことをＧＵＣＣＩのデザイナーがインタビューで言ってましたよ！

だからいいんですよ、ドラえもんを買っても」(うろ覚えのまたうろ覚えですみません)と言い、すごく励まされた。

確かに、トム・フォード時代は「ああ、こりゃまさにGUCCIだな〜」と思っていたけれど、アレッサンドロ・ミケーレは大好き。ジェンダーレスなところも好き。そうだ、考え方にお金を出したんだ、と納得。

そんなふうに人を励ませる人に私はなりたい。性格が悪いから、励ます反対ならいくらでもできるんだけど。

そういうときって空間に光が射してくるみたいにはっとするから。

おちゃめな顔

かわいいおばあちゃん

◎今日のひとこと

さくらももこさんは、20代の頃から、「早くおばあちゃんになりたいよ、あたしゃ」ってまるちゃんと同じ言いかたで言ってました。おばあちゃんになれば身なりにあんまり気をつかわなくていいし、恋愛でたいへんな思いをすることもないし、できれば青島幸男さんの演じていたいじわるばあさんみたいになって面白おかしく暮らしたいって。

だから、亡くなったときは、おばあちゃんになりたいって言ってたじゃないか！　ってすごく悔しく思いました。あとちょっとだったのに！　って。

すきまに咲く

いつかインタビューの中でＣｏｃｃｏさんが、18歳のときに急に肌の質感がエロくなってびっくりした、体が勝手に準備する、みたいなさすがなことをおっしゃってたのですが、それとある意味では同じ感じというか、真逆の方向性で、自然にちょっと首が前に出たり、歩くとき少し左右に揺れたり、椅子に寄りかかる感じが全身もたれ感が出てたり、手の甲がしわしわになったり、私の場合さらに悪くておしゃれとかきれいにしたいが減ってきておじいさんにさえ近づいてきて、ああ、体は勝手に進んでるなあ、と思うのです。

疲れるとすぐ右足を引きずるし、腰は万年痛いし、糖尿はバッチリ境界型だし、どうなっていくやら。

アップルパイ

アンチエイジングに興味はないけれど、体のなめらかな動きはいつも心がけていたいです。

たとえそれが、決壊するダム穴を指先で塞いでるみたいな、焼石に水みたいな感じだとしても、最後まで体を少しでもひとつずつでも、間に合わなくても、ケアしていきたいです。

父は最後まで自分の足の裏を毎朝マッサージしていました。ここまで弱ったらもうなにをしてもだめなんじゃないかと思える日まで。私もそうありたいと思います。

◎どくだみちゃん

重力

ある女性セラピストが60代の女性を診ていて、劇的に良くなり、姿勢も良くなり、服もきれいなものを着るようになったら、その人がしっかりとモテるようになった話をしていた。

「おじいちゃんたちが、車で送っていくのよ、その人のことだけ！　その人はご主人を亡くしてから全然そんな気はないけど、『悪い気はしないわ』って言っててね。最初は、首は前に出てるし、黒地に小花柄の服なんて着てて、完全にお葬式って感じだったんだもん」

お葬式で小花柄は着ないだろうと思って、私はいつまでもそこがツボに入って笑ってしまったのだが、それはさておき、ああ、わかると思った。

姿勢って生命の力を表しているからこそ、姿勢のいい人にみんな惹きつけられていくんだし。


最近、姉が、そして自分が、ときどき驚くほどおばあさんの形をしていることがあってびっくりする。

晩年の母の形にそっくりだ。

人は重力に耐えられなくなっていく。この

小さな花びん、高橋恭司さん作

地上に肉体を持って存在していることはきっとそもそも、そのくらいしんどいことなのだ。

だんだん、その重さに耐えられなくなり、起き上がっていられなくなり、最後は解き放たれる。

それはとても理にかなっていると思う。

私たちは一歩ずつそこに向かっている。

今しかできないことを、今する以外に対策はない。

今痛いところを今治そうとし、今日のモヤモヤを今日中にすっきりさせるしか。

◎ふしばな
近田さん

がんを経験している近田春夫さんが、「歳を取ると内臓も下がってきてもたれ合うから良くないと思って、姿勢を良くしてる」というようなことを自伝で語っていた。

そんな発想をしたことがなかったので、とても感心してしまった。

私はびっくりするほどの回数、ビブラストーン（ラップのほう、その前は確かビブラトーンズ、ややこしや！）のライブに行っていたから、今も気づくと♪いつだってひとりだと思うんだ、でも平気だと思うんだ〜♪と歌っているくらいだから、彼のひらめきが心のどこかにしみついているのだろう。

もうひとつ、その自伝を読んでたいへん懐かしく思ったのは、当時は会社がつぶれるなりして仕事がなくなると、なんとなく似た業種の近くの空きがあるポジションで働けたことで、しかもそれは決してバイトではなかった。

近田さんもバンドが解散したり、仕事がなくなると、どこからともなくのツテで仕事がやってきていた。でもそれは近田さんがすばらしい才能を持っているからだけではない。いきあたりばったりでなんとかなる時代だったのだ。

先日、たまたま「よなよな」[*46]で話題になり、大好きな映画「ストリート・オブ・ファイヤー」を観なおした。音楽も好きだったし、役者さんたちも乗りに乗っている映画だった。大学のときから何回見たかわからない。

でも、今回しみじみ気づいたことには、この映画にはあの時代の、まさにそのいきあたりばったり感が炸裂していた。動いてるうちになんとかする、動いていたら勝手に先が決まっていく。人生それだけ。深く考えたらいけない、その感じ。

そうか、私がバブル期で好きだったのはこの感覚だけだな、としみじみ思った。経済よりも生き方優先の夢というか。

明日は明日の風が吹く的な。宵越しの銭は持たねえ、みたいな。

◎よしばな某月某日

道を歩いていたら、前からひとりで歩いてきたヘッドフォンをした小学校低学年の女の子が、思いっきり歌って踊っていた。

ひとりNiziU。

私とすれ違うことなんて、見えてないくらいいっしょうけんめい。

また違う場所で。

急いでいるらしくもうぜんと飛ばしてきたママのチャリの後ろで、両手を広げて反り返り、「うわー！　速い！」と言って映画「タイタニック」のように、風を受けている女の子。

いいなあ、と思う。コロナとか、周りの状況関係ない、顔色を見ないその感じ。

みかん

朝起きたら、夜中の3時33分に、実家の家電から着信履歴があった。
姉はそのくらいの時間に起きているけれど、かけてくるなら携帯のはず。
生前、あまり目が見えないから、短縮ボタンに登録してくれと言われたことがある、死んだお父さんかしら？　と思いたいけど、まあ、猫だな。

　でも、粋な時間に粋な動きをするね！　と姉にＬＩＮＥしたら、うちにさっきタヌキがいたからタヌキじゃない？　と返信が。

　オチが決まりすぎだ。

華やか

あと、家の中にナチュラルにタヌキいるなよな！

場が手伝う

◎今日のひとこと

夜中にTVを観ていたらダルビッシュさんが出てきて、インタビュアーが「あなたにとって変化球とは？」とたずねました。そうしたら彼が言ったんです。「家族以外のもので唯一執着するもの」みたいな感じのことを。正確には覚えてないのですが、家族という言葉が対比として出てきたのが印象的でした。ああ、こういうのがその人から出た、その人の言葉なんだなあと感動しました。

その人からしか出ない言葉というか。

言葉ってなんとなく垂れ流していても、そんなに間違いはしません。でも、自分の中か

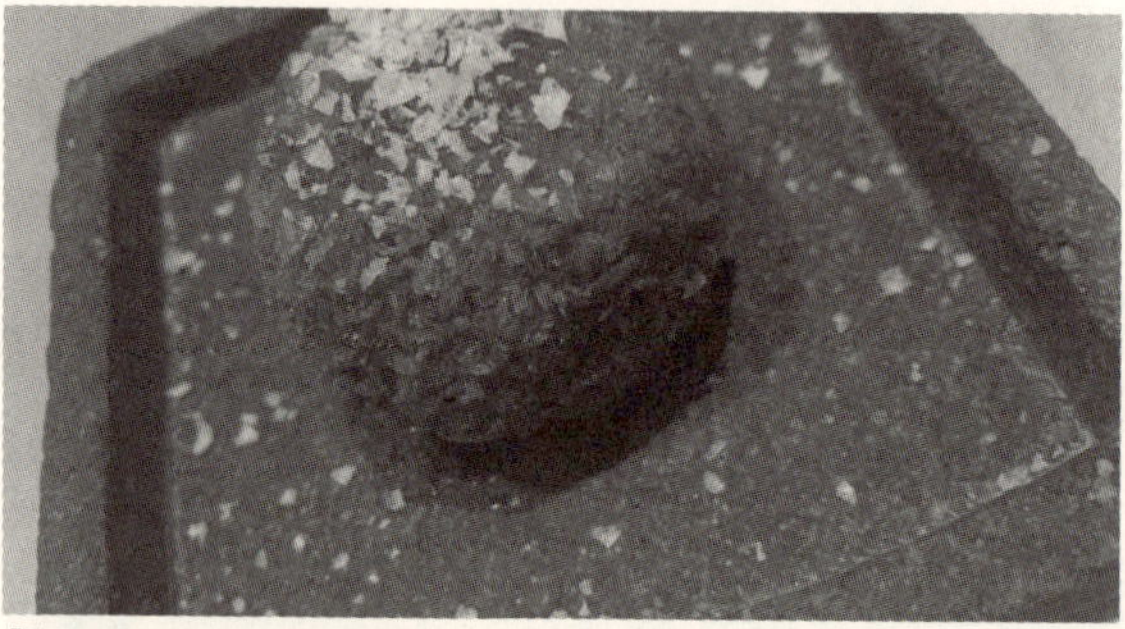

「海月」のコロッケ

ら湧いてきた生の言葉だったら、それがまた自分に新たな力をくれるんですよね。

言霊って言うとなんとなく大げさだし縁起ものみたいだけれど、実際はそういうことなんだと思います。


そしてもっと深く捉えると、その言葉は彼の実感であると同時に、変化球のほうが、野球のほうが彼に伝えたかったことなんだと思います。

相思相愛の彼ら、そんな場では常に、目に見えないものからの働きかけがある。

それが人生を補って、支えてくれる。

そういうふうにうまくできているよなあ、と思うのです。


もうひとつ、神戸にあるすばらしいパン屋さん「フロイン堂」のおじいさまも、戦前からあるガス窯は自分の恋人だとおっしゃっていたんです。

まったく同じことだと思いました。

長い年月の間、そのくせも熱の入れ方も全て把握している彼は窯を愛していて、窯もありがたく思っていて彼を手伝いたい。だからこそ、すごいパンが焼けるんです。他のどの場所でもだめだし、どんな最新の窯でもそこには入れない。代わりがきかないのです。


書きかけの小説があって、その小説のための調べものがあってしばらく調べることに専念していると、調べものが調べものを呼んで、意図せずに小説を寝かせてしまうことがあります。これはとてもいいことなのです。よく発酵するし。

しかししばらくすると、「誰かに会ってない」「何かが足りない」「何かを忘れている」というような気持ちが1日に数回襲ってきます。それで、はっと気づくのです。あ、あの小説、調べものも進んだし、ちょっと手直ししてみよう、と。

そして少し書くと、小説が「ああ助かった、肩こりが治った」みたいな感じでなめらかになります。

そうか、私と小説は助け合ってこの世にいるんだ、と思う瞬間です。だから続けられるんだなって。自分の力だけとはゆめゆめ思うなよって。

小説に心を注ぐと、小説も手伝ってくれる。そういうふうになっているんだなって。

夕暮れの宿

◎どくだみちゃん

場所が私に

そのときはまだ、最後だとは思っていなかった。

来年もこの場所に来ることができたらいいなと思っていた。

少しずつ、困ったことはたまってきていた。

少しだけ、むりしてそこにいるようになっていた。

最後の日の、最後の1時間。

一面のガラス窓が部屋の角のところを透明にしていて、庭の木が雪に埋もれているのを見ていた。なんて美しい場所だろうと私は思っていた。陽に照らされた雪の白さ。

空を流れる完璧に薄く透けた雲の光り方と。

そして少し眠くなって、もう一度ベッドに入った。ふかふかのふとんの中の自分のぬくもりと、窓の隙間から入ってくる空気で顔だけ冷たい感じが気持ちよかった。

天国みたいだな、と私は思った。それから10分間、天国のうたた寝を私は味わった。

それから決定的なことがいくつかあって、家族で話し合い、もうそこには行かないことになった。25年間も通っていた場所だ。ショックで打ちのめされたり、涙したりしたけれど、もうこれ以上よくないことを見たら思い出がだめになってしまうと思った。

あの最後の幸福な1時間は、神様とその場所が私にくれたものなんだと思う。

引き止めるでもなく、縛るでもなく、恨みもなしで。

ただ、ありがとうと思ってくれていることを、なぜか感じた。

かげ膳

◎ふしばな
アイランド

COWBOOKSとか、NABOとか、SPBSとか、少し前の本も含めてジャンル別にすてきに並んでいる書店に行くと、もうどうにも止まらなくなる。何時間でもいられる。

今はもうないけれど、六本木の青山ブックセンターなんてあらゆるジャンルが2階建てでぎっしりあったから、始発までいられるくらい楽しかった。

そんな私にとって、グリシャムの「『グレート・ギャツビー』を追え」[47]は、春樹先生が訳しているから以上に、あまりにもその中に出てくる書店が魅惑的で、ずっと「いいなあ、いいなあ」とつぶやきながら読むような内容だった。もはや盗まれた原稿なんてどうでもええじゃないか、と言いたくなるくらい。

午前中海で泳いで、午後はその書店のカフェにランチを食べに行って、食後はコーヒーを飲みながらずっと本を選ぶなんて、なんてすてきなんだろうか。

作中には新しいタイプのダークヒーローが出てきて、書店の上にある別室に女性を連れ込んだりしていたが、そんなこといらない。お酒ももはやいらない。本があれば幸せ。

まだネットもなく、ノート型のPCもなかった時代（そんな時代があったのだ）、旅には紙の本を丸ごと持っていくしかなかった時代。

毎年夏に行く土肥《とい》の街には書店が2軒だけあった。雑誌以外は新しい本なんてほとんどなくて（ほしい人は取り寄せてもらっていたらしい）、飢えた獣のようにスピリッツとかモーニングとかジャンプを買いに行ったけれど、いちばん困ったのは持っていったまんが以外の本をすばやく読み終わってしまったときだった。

それでその書店に行き、奥の方のなんとなく黄ばんだ文庫本などを買ってくるんだけれど、おかげさまで太宰治とか谷崎潤一郎とかサガンとかを読破できた気がする。

書店は夜7時くらいには閉まってしまうので、さんざん泳いだあと、お風呂に入ってすっきりした夕方の散歩でそこに行って、古典を選ぶのは楽しいことだった。

書店は2軒ともなくなってしまった。今となってはあの街に書店は1軒もない。どうやって暮らしていけるのだろう。電子書籍やAmazonがあるからみな個別に取っている

すてきな布

のか。車で遠くの街に買いに行くのか。

それにしてもそのグリシャムの小説の中の世界は、私にその土肥の午後の感覚を思い出させた。旅とセットになった読書はほんとうにいいものなのだ。

私は英語の本をすらすら読むほど英語ができなくてとても残念だけれど、ウブドのカフェのとなりの書店（ガネーシャブックショップ）なんているだけで楽しい。

各国でサイン会などをすることがあるので、それぞれの国のそれぞれの書店に行く。きれいなエプロンをした書店員たちと本好きの人たちが必ずセットでいて、棚の間を楽しそうに歩いている光景は全くどの国も同じ。それを見ているだけで、とても幸せになる。

◎よしばな某月某日

食事中の方は、後でお読みください。そうとうひどい内容です！

息子の誕生日とバレンタインデーを兼ねて、

姉からとんでもないチョコレートが送られてきた。なんだか臭そうな。注意書きもエロい。

すごいなあ、と感心していたら、数日後に姉からとんでもない写真が送られてきた。姉の机の上の本の上にでっかいう〇〇が置いてある。

「まさか、これってほんものじゃないよね(猫がたくさんいるからありうる)？」と書いたら、

「おもちゃだよ。人にあげようと思って、う〇〇チョコ探してたら、間違えて買っちゃった。だって紛らわしく混じってるんだもん、Ａｍａｚｏｎめ」

と返事が返ってきた。

これこそが、リアル「人を呪わば穴ふたつ」だ！　と思って私は笑いが止まらなかった。そんなものばかり買って人に送りつけてるから、そんなことになるのだ。

でも姉は「いいもん、エイプリルフールに〇〇さんの家の玄関に置いてくるから！」とか言ってる。懲りてない。


全然関係ないけれど、ヨーロッパが恋しくなって「アングスト」を観た。なんでヨーロッパが恋しくてあんな映画を観るのか、間違ってはいるが、とにかく観た。話題にもなっていたから。

そして思った。殺人って、スパッ、バサッ、とはいかないものなんだな。ものすごい重労働で、汚れるし、疲れるし、臭いし、相手も抵抗するだろうし。そういう意味ではとてもリアルな映画で、変な美化を許さないくらいの納得感だった。人殺しなんて絶対やめようとしみじみ思わせてくれた。

ヨーロッパの暮らしのリアルさがひしひしと迫ってきて、やはりヨーロッパが恋しい気持ちとこの映画を観るという直感は合ってた気がする。

そして、誰もこんな変わった映画観てないと思うんだけれど、ものすごい疑問がある。

ここに出てくる若い女の人がみんな、異常にきれいなのだ。殺される人もそうでない人も、とにかく美しい。ムダに美しい。ここまでの美女を取り揃える必要はあったのだろうか。変態的な意味を差し引いてもムダにきれいだ。

しょうもない姉のバレンタインチョコ

かまわないでくださいブルース

◎今日のひとこと

ザ・クロマニヨンズの、マーシーの作った名曲からタイトルをお借りしました。

トラブルが多かったり、金銭的にいつも大変だったり、ひとつところになかなか落ち着けない人とか、薬物やアルコールなどの依存症をくりかえす人というのを（若いときと違って近くにはさすがにいなくなったので、少しだけ遠いところから）よくよく見ると、もめごととか、だいじにしなくてはいけないときに限ってけんかを売ってしまうとか、カッときてだいじな人にひどいことをしてしまう

お坊さんが先頭

とか、プライドの高さが出てしまって素直になれないとか、そういうエピソードが人生の波の中に込みになってしまっているというのがわかります。

そして哲学を聞くと「ダメなところがあるほうが、やらかすほうが人らしくて愛おしい」とか「ダメなところを追求しないでほうっておいてあげればいいのに」とか言っているので、そういうところだけは理系でできてる私にはほんとうの意味ではわからないことなのだなと思って、それ以上は決して近づけません。

もしかしたらそういう環境で育ってきて、それがあたりまえになってしまっているのかも、というのがわかるだけに、他人はどうすることもできません。

欠落はあるけど、いいところもあるよね、という程度のつき合い方しかできないわけです。

そういう人には特に出身にいろんな地域が混じっている、「学校」という場所でよく出会いました。いちばん不思議だったのは根拠のない甘えというか、「自分がこんなにたいへんなのだから、みんなこのくらいは助けてくれて当然」みたいなもので（私も出版社にはそう思っていたので実際は冷徹で、いちばん初めに切り捨てられるのが小説部門なのにびっくりしたことがあるから、気持ちはよくわかる）、寄りかかりあって結果重い重い絡まり合った木みたいな人生になっちゃってるところです。大人になってからはスナック関係や場末の居酒屋関係でよく見かける感じでした。助け合いの風通しが年齢や不況でだんだん悪くなってきて、密着型の共倒れになっていくというか。

　その生き方にもひとつの美学があり、理解はできるのです。でも、そうでない考え方の人（風通し命）がいるということだけ、わかってくれと思ったものです。昨日親友のように飲んだ人と、二度と会わないことがある。それが酒場のいいところであり、仕事を頼んできたり、昼間も会おうというのは野暮だなあと私は考えます。


　いつも行く飲み屋さんのカウンターで他のお客さんからあまりにも仕事を頼まれるのでそこに行けなくなったことがあるのですが、神経をむちゃくちゃ使う仕事の区切りがついて飲んでいるときに、目の前の人からしたくない仕事を頼まれる、それがどんなにイヤなことか体験してみないとわからないんだろうな、長い目で見たらしないほうがいいことなのにな、と思うと同時に、毎日酒場に長くいるぶん、そこで仕事を取って生きていく生き方の人もいるのだから、そしてそこでできるつながりが仕事の人脈になる人もいるのだから、そういう助け合いの場に顔を出す自分のほうがつまりは悪いのだな、と本気で反省しました。

　それは単なる違いで、善悪ではないのです。その世界と合わないだけ。

　私にとっての不自然を、なるべくしたくないのです。服を着て礼儀正しく歩いてるだけですでに私にとっては不自然なんだから。その生き方が、人間関係から仕事を捻出する生き方とは全く折り合わないだけで、どちらがいいというのはほんとうにないです。

ただ、ひたすらに「かまわないでください」と思うだけです。

昔、陽気で華やかでちょっと詐欺師や小悪魔っぽい男性を小説で書いたら、全くそういうふうに見えない男の人たちが個別にふたり、「自分のことみたいでこわかった」と言ってきて、衝撃を受けたことがあります。仕事先で出会うその人たちを男性として見たことがなかったけれど、ひとりの男性として女性の自分が向き合ったら、そういう人なのかもしれない！　と思ったからです。

出会い方でその人との接地面が変わってしまう。それだけで違う性格を見てしまう。そんなこと、単純な私には考えに入れることさえできません。

でも人は本来そんなふうにとても複雑なものです。性癖や、無条件に怖いものなどを入れたら、一生知らない面がたくさんあるまま接している。

だからこそ、生き方が合わないものとはなるべくシンプルに距離を置き、そういう人もいるんだね、と認めるのがいちばんいいんだなというのが、こんな年齢になってまでまだ育っていく私の人間関係の肝です。

この人生、出会える人の数は限られている。だからこそ、合わないものとなんとかがんばっている時間はほんとうに自分を愛していたらないのだと思うのです。

「ほんとうに割り切れば、人はもう近づけません」

全ての交渉と全ての人間関係の、これが肝心なところです。

宿の古い屋根

◎どくだみちゃん

夢

夢の中で、私は3つの世界のループの中にいた。

ひとつは、知人がだれかを手伝ってお店をやっている場所。私はひとりでそこに行って、お店の説明を聞く。飲食と子ども関係がミックスされたお店で、知人が生き生きと説明してくれて、よかったなあと思う。

そこを出ると、古い知人が高齢になって移り住んだ場所でやっている、センスのいい自転車グッズと旅にまつわる書籍とカフェがあるところに行く。写真展もやっていて、窓の外の景色もいい。ほんとうにすてきだねと夫と言いあって、そのギャラリーの写真もたくさん撮る。

もうひとつは駅のホーム。東京まで2時間くらいのちょっと北寄り（長野か山梨のイメージ）の駅のホームでその写真を見返している。

周りの山々が駅にせまっているくらいによく見える。

夫がなにかを買いに、売店まで戻るという。気づくと私はまた前の2つの店をめぐっていて、なにが今なのかわからなくなって、

最終的にホームにまたたどりつく。夫がまだいないので、ホームでまた写真を見る。夫は見てていいよ、と私の手元に彼のＭａｃを置いていっている。

すると、停まっていた電車のドアが閉まって、いけない、これに乗るはずだったのに、と焦る。

となりのホームに来た電車はドアが開いているが反対方向だ。

また40分くらい待たないといけないのか、と思って、リュックを持って私も売店に行こうと椅子を見ると、リュックがない。他に人が全くいないから盗まれたのではなく、どこかに置いてきたのだと思う。

手元にあるのは、写真を見ていた夫のＭａｃだけ。

ｉＰｈｏｎｅもさいふもリュックの中。

気が遠くなり、山を眺める。あのふたつの店に戻って捜した方がいいのだろうか。

そもそも私はほんとうにリュックを持っていたのだろうか。

ほんとうに夫と待ち合わせていたのだろうか。

もしかして、私は死んだのかもしれないな、そう思って目が覚めた。

死んだっていう自覚がなくて死んじゃうって、もしかしてそういう気分だったり、ああいうことが起きるのかもしれないと、なんとなく思った。あてどなくホームで会いたい人を待ったり、行き慣れた同じ場所をめぐって

古いタンスの彫り

みたり。

幽霊って淋しいものなんだな、としみじみ思った。

◎ふしばな
江戸の華

この号が出る頃には、もう接種が始まっているのだろう。

私は陰謀論にも、「ワクチンができてやっと世界に平和が」にも与しないけれど、ワクチン自体が急ごしらえの新しいもので信憑性はまだわからないな、というのは普通に考えても当然のことだろうと思う。

抗がん剤も、海外で不認可になったものが平気で日本では使われているのが事実だから、そういうことも起きるかもしれない。

慎重であるのにこしたことはないし、国外に出るのに検査は必須としても、ワクチン接種が法的に紐づけられたら、しばらくのあいだは自主鎖国をするしかない。他の人は移動しているなら切ないことだが、来日していて、しかも会ってくれる人には会えるだろうから、まあ、しばらくは耐えよう。

……というくらいのことを、しっかりと、目を逸らさずに自分の頭で考える、その大切さ。

今回のコロナ問題で、私がいちばん知ったのはそのことだった。

うすうす思っていたけれど、丸投げする先が安定していないととてもできない。

でも今の政府が安定していて信頼できる気がどうしてもしない。

なので、納税の義務とか法を破るはしなくても、自分のことはある程度自分で考えるしかない。

これほどまでに丸投げな国民がいたら、そりゃあ、扱いやすいだろう。

と思って失望していたら、若い人は、重症化しないからだけではなく自分の体と感覚で、じょじょに行く先をちゃんと選びながら、マスクをして手洗いしながら、普通に暮らすようになってきた。

そりゃあ、一定数の人は家に引きこもっていたり、やたらに出かけて無茶な動きをして感染を広めたり、とんでもないことをしているかもしれない。

でも、おおむね普通の若い人は、外出を減らしてバランスを取りながら、コツをつかんでいるように見える。

うまく言えないけれど、日本人ってきっと本来はこうだったんだな、と思った。

お上のいうことと、今の状況と、自分の生活バランスや収入や年齢を見て、こんなふうにバランスを取っていたんだなと。

川べりの居酒屋から外を見ると、春を楽しむ人たちが距離をとりながら、マスクをしながら、のんびりと歩いていく。デートしたり、赤ちゃんを連れて散歩したり。なんとなくだが、江戸時代の心意気を感じた。

これには気をつける、やけくそになってがむしゃらに出かけないで対策をする、でも出かけたからには楽しもうと心がける、季節の移ろいをちゃんと感じる、そういう華やぎがあった。

亡き杉浦日向子さんが、こうだったんですよ、と見てきたかのように話してくれた江戸の街が、見えるような気がした。

「うえんで」の山塩ラーメン

◎よしばな某月某日

清原なつのさんの「花岡ちゃん」[*48]シリーズに取り憑かれたようになったのは、中学のときだっただろうか。あの絵の中に新しい自由があったのだ。清原さんの描く絵には、いつまでも見ていたい恐ろしい魅力がある。セリフも暗記して、下敷き（懐かしい！）にも切り抜きを入れ、あんなふうに読書をしたいと憧れたし、ああいう両想い（どうにもならないくらいお互いしかいない状態で自然に）がほんとうだなと思っていた。

　そして電子版で完全版になった清原さんの「じゃあまたね」[*49]を読んで、自分の生きてきた時代が正確に描かれていることに苦しいほど感動したのと、猫というものの本質に触れて、涙が止まらなかった。

　猫はそのへんにいるもの、いつまでもいるんじゃないかと思うくらいそのへんに。玄関を出てしばらくついてきてくれたり、帰ったら迎えにきてくれているもの。路地には車は入ってこない。そういうのんきで幸せな時代があった。その時代に暮らせてよかった。今はおちおち猫を外に出せないし、血統書つきだとさらわれてしまう。恐ろしいことだ。

　デザインの中島さんが夫に中古のタカダイオンの装置をくれたんだけれど（けっこう高いものだったので恐縮）、なんだか不安定でアースができたりできなかったりする。私と夫は「なんとなくいい気がするね」程度なんだけれど、私が当てているゴムパッドの上にいっしょに寝ている犬が、目に見えてつやつやになっていく。犬だけがどんどん健康になっていく。なんていうことだ。犬にたまたま合っていたのか、私たちが年寄りすぎて効果が出ないのか。

　村上ＪＡＭの特番を観ながら、夫も子ども

も犬も猫も私も、タカダイオンにちょっとだけさらされつつ、気持ちよく数十分寝てしまった。目をあけたら、全員がすばらしいボサノヴァを聴きながらリビングですやすや寝ていて、とてもかわいい光景だった。

湯泉の蛇口

平凡な、退屈な

◎今日のひとこと

同じことが続いて退屈だな、と思ったら人生ほんとうに退屈になってしまいます。かといってポジティブに早起きしたり、工夫して同じ家事を凝りに凝ってやっても堅苦しいだけです。

なによりも心の元気さを底上げしておくことが大事な気がします。するると視点も変わり、自由さも増してきます。

たとえば賞費期限が近い調味料があるとすると、それを中心にいちばんおいしいメニューを考えて、なんとか使い切る、こういう楽

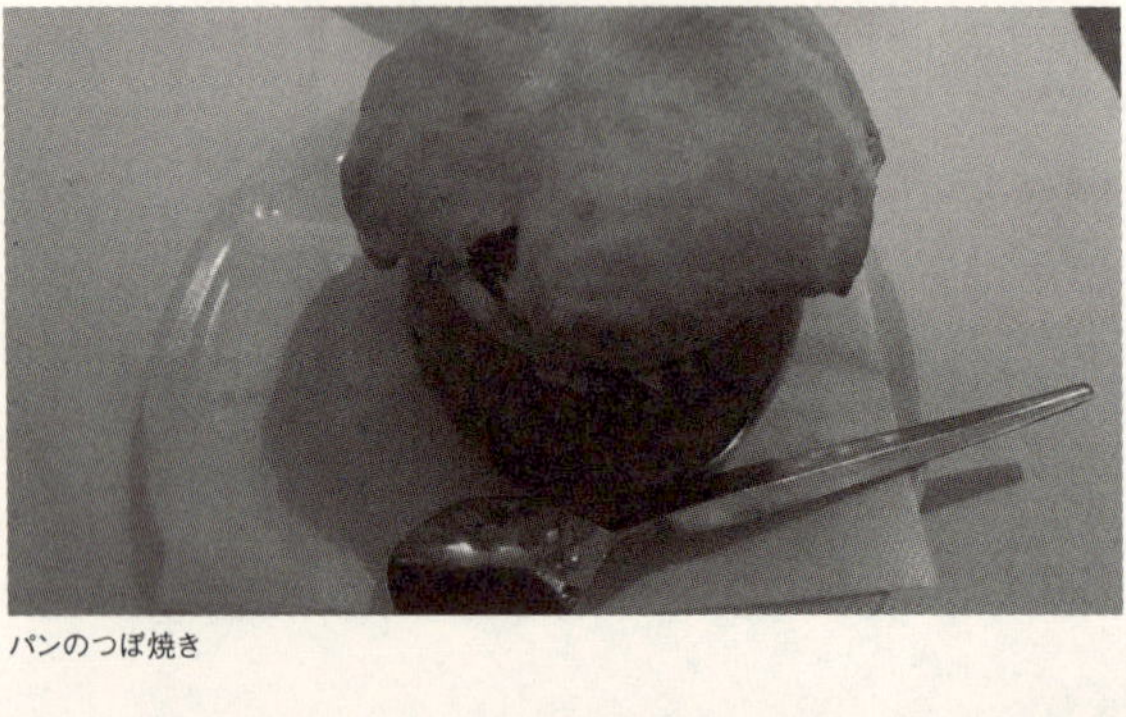

パンのつぼ焼き

しさが生まれます。

そして肝心なのは、そんなことしてるひまがないときは、「うお、賞費期限すぎてる、しゃーない、捨てるか」とも思えることです。最近、人々の悩みを聞いていると「フードロスが深刻な今日この頃、なんということでしょう、私は『にんにくだし醤油』を使いきれずに捨ててしまったのです！」みたいなのが多いけれど、失敗はだれにでもあることだから、捨てる自由が、あるいは消費期限切れのものを使って腹を壊す自由が、人にはあることも忘れたくないのです。

前に山田詠美先生が、「パプリカの上のところとか種を、使いましょうって言う人がいるけど、私は捨てる、だって貧乏くさいから」みたいなことをエッセイに書いていてほんとうに惚れなおしてしまったのですが、なんていうんだろう、今の時代に足りないのはこの明るさかもしれないな、と思いました。

捨てるのがいいってことじゃ、もちろんないです。

宿の器

◎どくだみちゃん

こつん

近所に半ノラの猫がいる。
あるおうちの外猫なんだけれど、理解があるその家の人は、よその人がちょっとごはんをあげたりするのを、注意しないでいてくれている。
その猫は近所をうろついていろんな家でちょっとずつなにかをもらったり、
通りかかった人にフードをもらったりしている。
スーパーからの帰り道なので、私もたまに煮干しをあげる。
犬がいっしょにいても気にしないで食べてくれるようになり、
私を見ると、にゃーとおねだりするようになってきた。
覚えてくれたのだった。
寒い季節、1ヶ月ほどいつもの塀の上にその子がいなかったから、
そしていつもちょっとだけ塀の上に載っているフードも見かけなかったから、
寒さが厳しかったし、耳が皮膚炎になっていたし、鼻水もたらしていたし、
いよいよ死んでしまったのだろうか、と思った。
風景から大切な光が消えたような、そんな道になった。
しかし春が近いある日、またその子は塀にいて、私を見てにゃーと鳴いてくれた。

生きてたんだね、よかったよかった。

ささみのチップスがあるが、固いからちょっと割ってあげようね。

犬もいたので、犬にもチップスの固いところをあげながら、小さく割って塀の上に置いたら、いつも以上に猫は近づいてきて、私の手にその額がこつんと当たった。

感触はとても温かく、ずっしりとしていた。

しばらくそのままでいたら、猫のたいへんだけれど生きてきた毎日の重みが伝わってきた。

甘えてくれてありがとう、がんばれよ、もうすぐ春だよ、と言いながら、立ち去った。

次はいつ会えるのか、もう会えないのか。

心を残しながら、お互いに生きていく。すれちがうだけの、豊かな街の風景。

磐梯山

◎ふしばな
オタクとヤンキー

私は堂々たるオタクで、今やファッション的にも「ちょっとダサめの派手なおじいさん」というコンセプトを掲げている。

これをコム・デ・ギャルソンで担当のお姉さんに言ったら、わかります！　いいですね！　と言われたけれど、喜んでいいのだろうか。いいのだろう。

[*50]カラスヤサトシさんの結婚についてのまんがを読んでいると、オタクとヤンキーの相性のよさというものがしみじみとわかる。片方が得意なことは片方がダメなので、そして互いにちょっと視点が違うので、オタクはヤンキーのひとことに救われ、ヤンキーはオタクがいるとなんとなく心強い（と思いたい）という、すばらしい補い合い。

知人にほんものの多分元ヤンの姐さんがいるのだが、キレがものすごい。

「近所にミニブタがいて、あまりにもかわいかったから、近所の室内動物園に行って、ミニブタいますかって言ったらいますよって出てきたのが、でっかいブタだったの！　私がこれはミニブタじゃないです！　って言って、向こうはこれはミニブタが育ったやつですって言って、話にならなくってさ、帰った」

もう、突っ込みどころが多すぎて、オタクは黙るしかない。

そしてオタクと最も相性が悪いのはパリピである。

ヤンキーというのはまだ熱いしいろんなことに命をかけてるから、オタクの存在になにかしら尊敬や意義を感じているのである。

しかし、パリピは違う。会話のテンポも合わないし、なんだかわからないことをもごもご言ってるな、という解釈になってしまう。

昔、F.O.B COOPの（益永）みつ

枝さんがバリバリのパリピだった頃、私はよく「ばななちゃん、なに言ってるか全然わからない」と言われたものである。

　そもそも、アジアの国で自分の望みの製品を作ってもらい、輸入して、販売するということ。安く作ってそこそこ高く売るのだから儲かるが、ものすごく面倒くさいことだ。

　アジアの工場の人たちは、すばらしい技術を持っているが、すぐサイズを間違えたり、色がむちゃくちゃだったりする。交渉してそれをちゃんとやってもらったり、違うサイズのものを返品してお金を回収したり、想像しただけでハゲそうで、私は全くしたくない仕事だ。でもそれをバリバリバリバリできてしまうから、みつ枝さんは偉大だったわけで、私が半径100メートルくらいのことをもごもご言っていてもそりゃ、伝わらないわ、といつも思った。

　そしてもうひとつよく言われたのは、「ばななちゃんはもうなんでも持ってるんでしょ、家具の大物は買わなくていいよ」だったのだが、なんと私は、30年以上たった今も、彼女がヴェネチアから輸入した50万円くらいする宝物のような鏡（あるとき引っ越し時にこの裏に勝手にタイルで細工をしたり字を書いたりした人がいて、ほんとうに蹴ってやろうかと思った）はもちろんのこと、みつ枝さんがアジアでむちゃくちゃ安く作らせて最初からネジがはまらなかったりガタついてるから8000円くらいで売っていた家具を、本棚、ワゴン共に使い続けているのだ。

　これはさすがのみつ枝さんにも想像がつかなかっただろう。

　……っていうか、もしみつ枝さんの近くに

いる人でこれを読んでいる人がいても、絶対伝えないでいいですからね（笑）！

[51]プリミさんとやりとりしていて、「[52]ストップ!!ひばりくん！」の話になり、なんということだろう、高校のときひばりくんの自由さに憧れてやまなかった私は、ひばりくんのセリフをほとんど言えるほど覚えていた。ひばりくんが学祭で歌うのが一風堂の「ブラウン管の告白」だったことまで覚えていた。

そらで言えるほど覚えるより、そんなに憧れてるなら若い頃に痩せるだけでもすればよかったのでは、痩せてりゃそこそこアジアンビューティでいけたのでは、とか考えてるだけ。これがオタクの生き方の真髄であろう。

◎よしばな某月某日

久しぶりに午前中起きる予定がなく、11時までぐうぐう寝たあげく、まんがを1冊読んでゲラゲラ笑いながら体を起こし、「ふう〜、極楽じゃ。こんな極楽のような日々を送りな

小さな花たち

がらまだ文句を言っているとはわしも困ったもんじゃのう、贅沢じゃ、贅沢すぎるのじゃ」と大きい声で言いながらドアを開けたら、もうとっくに出かけているはずの夫がいて、ものすごく動揺した。聞こえてないとよいが。

あまりにもヤバすぎるので人名をふせるが、今日ある場所で晩ごはんを食べていたら、Aさんが「うちのマンションの上の部屋にどろぼうが住んでるんだ」とさらっと言った。

「なんでどろぼうってわかってるのにつかまらないの？」と聞いたら、「あるとき、近所のコンビニに行ったら呼び止められて、防犯カメラに映ってるどろぼうを確認させられたら、上の階の人だった」と言う。だから、最近は置き配もみんな盗まれるし、ポストの郵便物もみんな盗まれるし、そのマンションの人は大変だそうだ。一点集中ですごい区域になっている。

コンビニの人が、どろぼうがなにかを買いに来たとき、思い切って「あんた、どろぼうだろう、売れないよ、あんたには」と言ったら、どろぼうが「まだ捕まってないから」と言ったそうだ。

ここでみんな大爆笑したが、考えてみたらすごい会話。

帰りにその人と、もうひとりの人を駅まで乗せていった夫が、「ひとりは上の階にどろぼうが住んでる家に帰っていくし、もうひとりは事故物件に帰っていく、変わりすぎてる！」と言っていたが、ほんとうにそう思う。

ガネーシャ

かなわない

◎今日のひとこと

　何回か書いていることですが、私の父方のいとこは、ほんとうに偉大な人物で、あまり詳しく書くと関係者で傷つく人がいるかもしれないので少しボカしますが、シングルマザーとして男の子を育てあげ、さらに亡くなった彼氏のあまりうまくいっていたとは言えない事業を、自分もOLをしながら全身全霊で手伝い、彼が病気で亡くなった後は負債ごとひとり受け継いで、ひとりで地道な草の根的営業をして、立て直したのです。

　と書くと根性ある人ってだけみたいなのですが、おしゃべりでおっちょこちょいで少し

UFOがいそうな雲

大雑把で、でも見ているものがいつもクリアなその生きる姿勢の、強さ優しさ地道さまじめさ明るさには、私のようなうわついたペラペラの生き方をしているものは、どんなに文字を書いても、決してかなわないのです。

センスとか文才とかなら、そこそこ持っているかもしれない私ですが、世の中の隅っこで珍しいことをちびちびこねくり回しているこの生き方を、私は決してベストだとは思っていません。こういう人も世の中には必要だけれど、実際にはしょうもない存在だな、そう思っています。

だから生きるということに関して王道である彼女を尊敬しています。

親が死んだとき、びっくりしすぎて泣きもしなかった私ですが、彼女がさっそうと喪服

ボルシチ

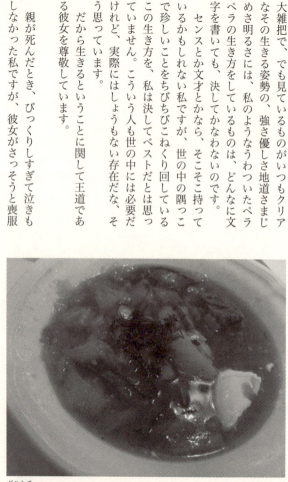

でやってきて仕切ってくれたときだけ、ひとつもイヤと思わず、その姿が頼もしくて涙が出ました。

そして何より、彼女のことを「ああいう人には決してかなわない」と、口だけで言うのではなく本気で思えるからこそ、自分の書くものが腐らないでいられる、そう感じます。

◎どくだみちゃん　タオル

毎日同じ。
寝る前に、湿ったタオルを、
浴室乾燥機をつけて、少し上のつっぱり棒に投げ上げる。
夜のうちに乾く。

毎日それをしていると、昨日と今日の区別がつかなくなってくる。

あれ？　昨日も全く同じ動きをしたな、同じような時刻に。今日がいつだかわからなくなるな。

でも、そうか、子どもが家を出たら、干すタオルが減るんだな。そう思う。

今、考えることではないと、毎日打ち消す。

親ってなんて大変なんだろう、まだまだほんとうにはなれそうにない。


30年前の連絡帳が発掘されて、読んでいると、今はもういないアシスタントの文字が元気に躍っている。

その頃はなんとまだメールとか携帯電話とかなかったのだ。信じられない！

どうやって暮らしてたんだろう。待ち合わ

せとかどうしていたのだろう。

しかしだからこそこのときはこの連絡帳なのだ。手書きなのだ。
○○さんから連絡、○○の件で。おりかえし、とか。
○○さん出張中。伝言のみ、とか。
いっしょうけんめいていねいに、忘れないようにしながら書いてある。かわいらしい。

登場する仕事先の○○さんという人たちは、もうほとんどいない。数名を残してもう会うことがなかったり、亡くなっていたり、引退されていたり。

そもそもそれを書いたアシスタントが、日本にいない。海外で結婚してお子さんを産んでいる。そのお子さんが私の本を読む年齢になっている。

30年前の私に「この人たちみんないなくなる」と言ったら、ありえないよ、と言うだろうし、悲しむだろう。

でも、実際そうなってみると、自分の家族や、アシスタントの育てたお嬢さんの笑顔や、仕事で新しく知り合った人たちとの楽しい時間が、私の前できらきら輝いている。あのと

打ち上げごはん

きはまだなかったものだ。

あと30年経ったら、私はもうほとんどこの世を引退する年齢だ。今いる人たちのどのくらいが失われているかを想像するよりも、なにができなくなっているかよりも、未知のどんなことが待ってるのか、それを考えた方がいいんだ、とその連絡帳は教えてくれる。

◎ふしばな
下町イズム

某巣鴨のぬか風呂に行くと、特に仕事先からの服装だと、そこのおばさんたちは私にむちゃくちゃ冷たい。きっとなんかしらえらそ〜なんだろう。ちなみにおばさんたちは男の人には基本的にむちゃくちゃ優しい。

帰る頃には私もそもそも下町の人だということがなんとな〜くわかって優しくなってくるけれど、それまではなんかしら距離がある。

しかし前述のいとこに関しては違う。初めからフルスロットルでおばさんたちは彼女に優しいのである。ひがみではない、何回もこの目で見た。いとこにはなんとなくゲルマニウム温浴を余った時間でサービスしたり、お茶を何回もあげたりしているのである。いとこも自然に「おばさ〜ん、お茶碗、ここに置くね」などと言っている。全てのテンポがしっくり合い、漫才みたいないい会話をしている。おばさんもいとこがいると楽しそう。

そう言えば、こうだったな、と私は思う。私は基本トロいので、江戸っ子のテンポにはついていけないまま、下町を出てしまった。まあ、どこに行っても居場所がないのが小説家の小説家たるゆえんである。でないとこんなにたくさん字を書いたりできない。

いとこがいい席で優遇されているあいだに、私ははじっこの寒い場所を案内されて、寒いです！　と言って毛布をもらう。「ちっ」と思いながらごろごろ寝ているとなんとなく会話が聞こえてくる。

青年「ありがとうございました」

おばさん「また来てね、あんたどこが悪いの？」

青年「僕、がんなんです」

おばさん「あらら、若いのに。でも若いからはねかえせるよ、またおいでね」

青年「はい、できることはなんでもやってみようと思って。また頻繁に来ます」

おばさん「がんばんなよ〜！」

ああ、やっぱりいいな、と思う。

ある日のうちの花

彼がどういう道を歩もうと、この会話はなにも悪いほうに転ばないいな、と。

◎よしばな某月某日

某ｆｌｉｘが、深夜に「品質の向上のため

にあなたの料金を170円値上げします」というメールをよこし、その10分後くらいに引き落としがなされる。

こんなのありかな？　と思うけれど、世の中そんなことばっかりで、これに慣れていかないとこれからの時代は生きていけないのかもとさえ思う。

そういえばタイミングの悪い、デリカシーのない（でもいい人）クリーニング屋さんが昇進して現場をしりぞいた。「昇進？　左遷じゃなくて昇進？」と聞き返したくなるのをぐっとこらえた。次の人は絶妙にお昼時間を外してくるし、あの不思議な苦しみはやっと終わりを告げたし、どう考えても静かで優秀。でも、あっちが（あっちなんて失礼な言い方でごめんよ、あの人）昇進するのが、今の時代。それもなんかわかる。声が大きくてしゃかしゃか動く方がなんとなく得する、みたいな。

はっちゃんが立ち寄ったので、お茶をしながら最近はっちゃんがはまっている「安くて音のいいオーディオ沼」について聞く。ついにそこに行ったか！　と感心する。アンプとスピーカーとCDに刻まれている音の理論、好みによって調整するその微妙な違いの世界。

書店のおやじで（今は違うけど）、世の中を眺めながらも自分のそういう小さい実験に日々を費やす。そういう生き方ができる人がいるうちは世界は安泰であろう。

彼のこれまでの、古着→その洗濯法、銅の効用、炭の世界、コーヒー豆の焙煎、小さいスケッチブックに数色だけで描く抽象画、などなどの様々な遍歴を見るに、オーディオ界に足を踏み入れないはずがない。カメラレンズ界に行くのも時間の問題だろう。

それが男性の本質かもとさえ思う。

百合ちゃんから「おうちの改装をするから完成したら遊びに来て、私と夫の元気時間を考えたら、今、私の夢だった窓と扉の家を実現しようと思ったの」という内容のメッセージが来る。

百合ちゃんなんてなれなれしく呼ばせていただいているけれど、歳上の人たちだから、すごく参考になる。

老後の豊かな時間についてなんて今仕事の忙しさ炸裂の私たちにはまだ考えられないけれど、そのご夫婦を見ているとなんとなく体感としてイメージできる。あんなにいっぱいの孫はできそうにないけれど。

家に関してはあまり考えがないけれど（ゆくゆくは段差のないところに越さなくちゃね、くらいだろうか）、あと何匹かしか犬や猫を飼えないことはなんとなくリアルに迫っている。だからこそ、若い頃4匹飼うとかいうむちゃを、なりゆき上とはいえ、しておいてよかった〜、と思う。だれか病気になったりもめたりしているときはほんとうに大変だったけれど、全員が元気でリビングでごろごろしているときは数の力で至福が倍増して、すごく幸せだった。

野原や海辺にいるみたい感、とでもいうか。目を覚まして首を上げると、だれかと目があって、また寝る、それ以上に安心なことはなかなかなかった。

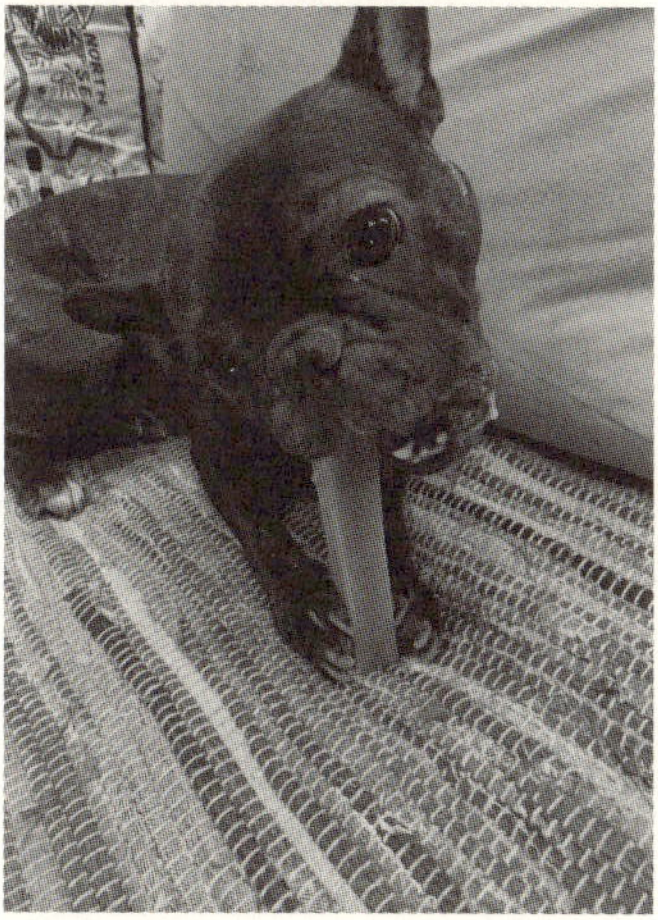

カジカジ

説得力

◎今日のひとこと

姉も友だちもあっちもこっちもがんにかかっていて、亡くなった人ありまだ元気に生きている人ありの混沌とした年齢の私ですが、生き延びている人ってなんていうか、ある種のてきとうさとギラつきがあるような気がして、生きるのにてきとうさとギラつきは必須なんだな、と思う昨今です。

そのギラつきって、生き延びようというしっかり言語化された抽象的な欲というよりも、自分はこうだ！　これがしたい！　あれが食べたい！　みたいな、まるで子どもみたいな感じというのが近い気がします。それがあれ

タイラミホコさんの布

ば大丈夫とはいちがいに言えないけれど。

　何回か人を奇跡の治癒に導いたセラピストさん（かといってその人が特別ということはないので名を出してご紹介することもしませんし、たいていのセラピストさんが寛解したがん患者を担当したことがあると思います。やはり、手助けする人や薬や治療法ではなく、本人こそが治すものだから）が言っていた言葉にすごい説得力があったので、記しておきます。

　彼女のクライアントさんで、全身にがんが転移して余命1週間くらいでがりがりに痩せていて、もうどこでも受け入れてもらえなかったけれど、とにかく寒い、体を温めてほしい、寒すぎて眠れないから休めない、死んでもいいから最後にぐっすり眠りたい、という人がいて、なんとか温度を保てるように施術したら、それからふっくらしてきて数ヶ月元気に生きて、そしてもっとよくなりたいからと言って湯治に行って無理をして悪化してしまって亡くなった人がいた、という話を聞きました。

　そこで、そのセラピストさんが身の毛もよだつことを言ったのです。

「欲が出ちゃって、その欲で死んじゃったんだよね。そのときいい状態になったら、そこからなるべくそのまま生きられることを見ていればよかったのに、人って欲があるからさ、湯治に行けばもっとよくなるかもって無理しちゃったんだよ。がんってずるいからね〜、弱るときをいくらでも待ってるんだよ、じっと身をひそめてさ。それで弱ったときに一挙に来るの」

ああ、なんだかわかる！　と思いました。

がん細胞と友だちになるとか、イメージ療法で共存するとか、逆に心の中で戦闘機を作って光線を出しがん細胞を消すイメージを作るとか、いろんな話を聞くんだけれど、「がんってずるいから、身をひそめてる」というその感じが妙にしっくりきたのです。

だれもがいつ死ぬかわからないし、なにで死ぬかもわからない。人間なんて自分で命の時間さえ決められない。

それは「新黒沢　最強伝説」[*53]にも出てきた、まぎれもない真実です。

でも、自信も欲も持ちすぎず、今目の前のことをやって、できればちょっとだけ人の力になって、使命感も持たず、ちょっとだけギラついて、陽気で、こだわりなく、変に責任を負わず、トラブルをてきとうに逃げながらちょっとだけ自分勝手に生きる。

そのあたりが、ただでさえ大変な「生きること」を少しだけ楽にする落としどころかもしれないです。

ローズマリー

◎どくだみちゃん

風

湯上がりに、外に出る。
まだちょっと夕方の光がそこにはあって、風が吹いている。
これからどうするとか、どうやって帰るとか、
そんなこともちろん頭の中から消えたわけじゃない。
でも、湯上がりだからぽかんとしている。
いろんな音が聞こえてくる。街を抜けていく風が運んでくる人々のたてる音。
まんがの「タカコさん」[*54]みたいな感じに耳からゆるんでいく。
とりあえず歩いておかずを買いに行こう。

プルコギ？　味噌漬け？　ピビンバ？

焼くだけの、おいしいものを。

それから先のことなんて、後で考えよう。

しなくちゃいけないことだって、それから考えればいい。


５００グラムになっちゃったけどいい？

いいです、全然かまいません。

私がそう言っていると、
後ろから来たおっとりしたおばさまが、いろんな鳥が庭に来るのよ、と話しはじめている。

店のおじさんとおばさんがその人におまけしてあげてる。

悪いわ、払うわ。

いいですよ、このあいだこれ売り切れてたから、ちょっとだけだから持ってって。

房のように

耳に気持ちのいい会話が聞こえる。
そういう時間が心の養分だっていうことを、混み混みのスーパーで長いこと並んでいる日々の中で、忘れていたかもと思う。

◎ふしばな
生きるヒント

知人にすごいパワフルな人がいて、その人生の話はすごすぎて書ききれないほどなので、了解を得て一部だけ書かせていただきます。

彼女は20代前半に普通にOLをしていたのだが、ある日友だちと待ち合わせをしたら、「ごめん、今から行くけど2時間くらい遅れる」と連絡がきたそう。

彼女はパチンコは臭いしうるさいから大嫌いだったんだけれど、ひとりでカフェに入って2時間はきついし、パチンコでもやってみるか、とそのとき目の前にあったパチンコ屋に入って、1000円だけやろうと始めたら、じゃんじゃんばりばりと玉が出てきて、なんと30万円になった。遅れてきたその友だちもその様子を見て、今やめない方がいいんじゃない？　と始めたら、友だちまで5万くらいもうかった。

ふたりで豪華なディナーを食べながら、OLは1ヶ月で手取り17万くらい、パチンコは1日で30万。これは、もしかしたら働いてるだけむだなのでは、と思い、翌日は３０００円持って行ってみた。そうしたらやっぱりそうとう勝った。

そのときの彼氏はホストだったが（ちなみにパチンコと同じく彼女はホストクラブに行ったことがなく、人に連れられて初めて行ったらその彼氏にひとめぼれされて、即ホスト外でつきあうようになったそう）、彼氏も連れていったら、彼氏も勝った。

それでどうしたかというと、彼女は会社を辞め、彼もホストを辞め、ふたりで毎朝３０００円を握りしめてパチンコ屋に並んで1ヶ月間、ふたりとも毎日勝った。

貯金もできたし、あるとき4日間連続で出なかったから、すっぱりとパチンコをやめた。そしてためたお金でモーリシャスに行って、帰国してふたりともまた就職した。

もちろん「パチンコって、どうなの？」とか「若いからすぐ会社辞められたんだよ」とかつっこむときりがないけれど、だいじなところは、この、ひらめき、そして流れを見るところと、それに素直に乗って行動していくところ。

この例は極端な例だが、おおむね、運をつかむとか人生をほんとうに自分のものにするって「こういうことだ！」という感じがする。自分が主体の視点しかないし、あとは直感。

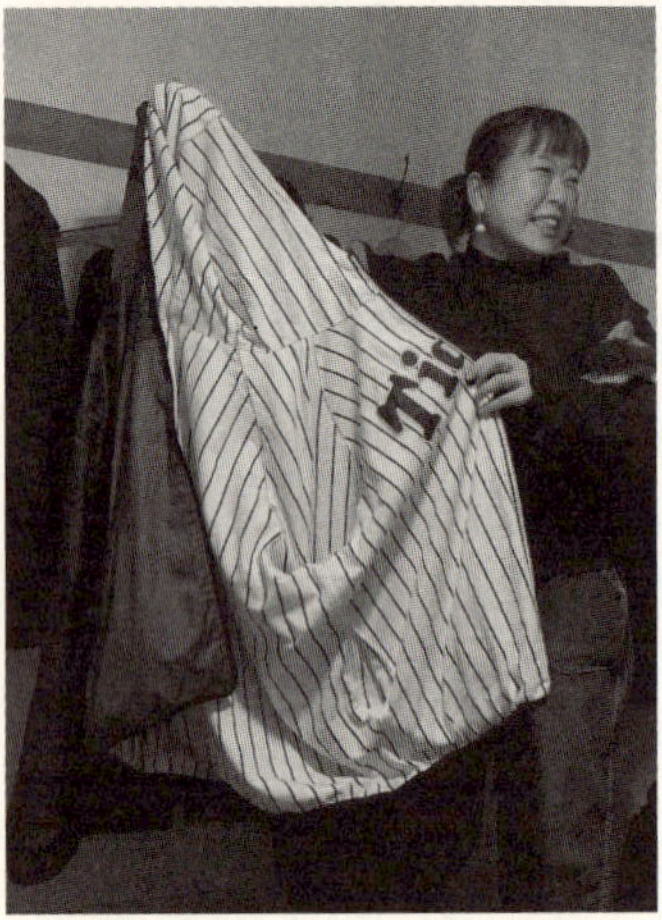
根本昌夫さんのすごい上着

肝心なのは3000円以上使わないところと、負けがこんでから続けないところ。

「4日間当たりが出なかったら、もう、行くのが面倒になっちゃってね」と彼女は言うが、そこで面倒になっても、ほんとうにやめる力が意外に人にはないのである。

それこそ欲が出たり、じっと待っていればまたツキが来ると思いながら3000円をむだにしたり、6000円にしたらいいのではと思って多く負けてしまったりするのである。だからこの話の中にはものすごくすばらしい教訓が入っていると感じる。

◎よしばな某月某日

柿の葉寿司についているシール。そこにはきっと箱の内容が記載されているに違いないとだれもが思うと思う。

さけ

たい　さば

みたいな感じに書いてあるので、その通りに入っていると思って食べてみたら、全く違う。

息子に至っては2度ほどの偶然の並びに確信してしまい、「俺はこのパズルを完全に解いた」みたいなことを言いながら、次は違うのを引き当てていた。

なんだかもやもやしたまま食べ終わってしまったが、つまりはその3種が入ってるよっていうことだけだとしたら、なんだかとっても奈良っぽい感じがする。

せっかく出かけられないので英会話をＡＩとしている。

あまりにも英語が出てこなくて、別に海外に行ってるときだって出てこないんだけれど、ますますだめになっているのを感じて、ちょっとだけ取り戻そうと思って。元々持ってないものを取り戻すというのがムリなんだけれど。

ＡＩに「は〜い、バナ。なにか困ってる？手伝おうか」などと言われて、慌てて「自分でできる」と言おうとして、アイキャンマスターベー……と言ってしまい、私の頭の中の英語がいかにてきとうかよくわかった。英会話以前の問題だ。相手がＡＩでよかった。

件の柿の葉ずし

酒と涙と……

◎今日のひとこと

どんな著名なセラピストに言われても、神のお告げと言われても、決してお酒をやめなかったし、これからもやめるつもりはないです。

それは立派なアル中でしょうと言われると、それもそうですね、と思うけれど、加減を知っているかぎり、命を取られることはないと思っています。ボディーブローで効いてくるほども飲まないですし。酒は寝不足やストレスというマイナス要因といっしょになっていなければさほど害はないというか、お金といっしょで、扱う人間次第で善にも悪にもなる

牛ちゃん作のチキンカレー

んですよね。

おいしくお酒を飲むためにいろいろ節制したりメンテナンスしていると言っても過言ではないです。

自分にいちばん近い感じだなと思うのは常に新久千映[*55]さんで、つまみと酒と時間と人間関係が一致したときに人生でいちばんの幸せを感じるから、これからもいい薬であり続けるでしょう、お酒は、と思っています。

ほんとうに好きなことって、なんに関しても必要なのは微調整で、たとえばお酒の話だったらビール党だったのをじょじょに糖質の少ない蒸留酒に変えていくとか、水といっしょに飲むとか、飲んだときは〆の炭水化物を食べないとか、年齢により、体調により、ちょっとずつ変えていくのが真骨頂だと思います。

のぞいてる!

服だって同じです。年齢とともに、きれいな色が似合うようになったり、低い靴のおしゃれが広がってくる。かっこいい部屋着のあり方もどんどん変わってくる。デニムが似合わなくなって、カシミヤが合うようになる。

チープなアクセサリーをいっぱいつけるのが合わなくなって、ゴールドが合うようになる。

そして思うのです。

ああ、若き日よ。際限なくビールを飲めた体よ。

ああ、若き日よ。短パンに裸足でタンクトップを着ていた頃よ。

若い頃に見た地獄のことなんて、ちっとも思い出さないで、いいところだけ、うっとりと。

◎どくだみちゃん

脚

となりの奥さんの脚がすごくきれいで、夏に短パンをはいて歩いているところを見ると、ほれぼれする。

薄暗い道だとちょっと心配になってしまうくらいで、ちょっとそこまで、と言われると、いってらっしゃい、という言葉に力が入ってしまうくらい。

襲われた？　深夜に飲み屋に行くのが悪い。脚を見せているのが悪い。

よくそんな言葉を聞くけれど、違うに決まってる、と思う。

この世の人々よ、神様よ、どうかあのきれいな脚でさっそうと夏の夕方の街を行くことを、お守りください、と思うのだ。

その笑顔を、生まれたままのきれいな脚を。

今も地上のどこかで、襲われたり犯されたり、閉じ込められたり拷問されたり殺されたりしている人たちがいる。

なにも悪いことをしていない。自分の生まれた国に住んで、家族を愛して、昔からの信仰を持って、静かに暮らしているだけ。

でも、あるきっかけでそのことが罪になり、連行される。家族も子どももばらばらになり、多分もう生きてはいないかもしれないといつも思わされる。寝るところもトイレも食事もじゅうぶんではなく、歌うことも許されない。知らない人が家に住み込んで見張り、いつもレイプされる。

昔のことではない、たった今、人が人にそんなことをしている。

その事実はどんな上っ面の平和よりも、心にしみてくる。

「ア・ピース・オブ・ケーク」のパンケーキ

人間は全然進歩してない。進歩している部分があっても、そんなことがこの世にある限り、だれもがきれいな脚を陽の光の中に投げ出していられない。

そんな、この世でいちばん幸せで自由なことができない場所があることを、心のどこかで痛みとして感じていたい。

かりそめの平和かもしれないが、今の平和のありがたみを感じたい。

◎ふしばな　最近の若い人（笑）

業界内に限ったことだとは思うけれど、私たちやその前の世代が「そうしたくてもできなかったこと」を今の人たちは自然に乗り越えていることが多い。

宴会に行かずに帰るもそうだし、「身内だけで固まるな！　視野が狭くなる」とか言われても、身内だけで固まっている。結婚式はしないでさくっと籍を入れ、友だちが持ち寄りでパーティをしてくれて終わり、その分ふたりで旅行に行ったりしている。

昔、宮本輝先生がおっしゃっていた「結婚式はしたほうがいい。あれをやることで、そう簡単に離婚しなくなるから」というのは真実ではあるけれど、そんなことさえもう飛び越えてしまっている。

ただしものごとにはマイナス面も必ずある。

この場合どこがマイナス面かというと、「クイックペイで払いたいんですけど」と言うと、「申し訳ありません、ペイペイとスイカとクレジットカードが使えるんですけれど、どれも２０００円からなんです。お客様のお会計は１９８０円なので、使用できないのです」と言うだけでなく、相手が親くらいの年齢だし一癖ありそうとなるとすでにちょっと涙ぐんじゃう、みたいなことだろう。マジ？と言っただけで泣かせてしまった。

あと海外の恐ろしい検疫所で「私たちはお

花の種を配っているんでたくさん持っているんですう〜」とまっすぐに言っても、私たち、の常識が通じずに別室に連れて行かれてしまうみたいな問題だろう。

でも、私は思う。結婚式に過大な夢を抱いて、他の家の労働力となり、子どもを産み育てる。男性は大家族のために生涯働きまくる。その労働力は、誰の得になるか。

そういう時代は軽やかに終わった、それでいいのでは。

少なくとも夫婦別姓の大切さを説くたとえで、「双方が名家のひとりっ子の場合に良い」とか言ってしまうオッさんとは関係なく、ある世代のある人たちの中では、古き良き時代の搾取システムは無効になっている。

昔には昔の良さがあり、厳しさやシステムが生んだ深い人間力があった。それを否定する気持ちはない。

ただ、今生まれた良い流れが、絶たれないように願うだけだ。

うちのバラ

◎よしばな某月某日

某海の生き物道楽に行く。

自粛期間だから予約した。予約したから座敷席になった。

案内された席の衝立の向こうから、ベローンと見知らぬ人の服が出ている。

係の人に言うと、注意してくれた。衝立の向こうからデカい声でおやじが謝ってきた。

すいませんねえ～、はみでちゃって。ごめんなさいね！　ほんと、ごめんなさい。いや～、すみません。

そう、夜8時にベロンベロンなのである。

うちには高校生男子がいるのに、店の人よ、モラル的にもコロナ的にもなぜ我々家族をこの席にした？　としみじみ嘆く。

なぜならすごい勢いで、おやじは同行のおばさんを口説き始めたからだ。

「君に会ってオッパイを見ないで帰るわけにいかないよ、オッパイが好きなんだ、オッパイ、ありがとうオッパイ！」

店中に響き渡るオッパイという単語。

「やめてよ～、ここで触るの！」

「とりあえず何もしないからホテルに行こう！」

「私は帰るわよ、○○くん！」

「よし！　いっしょに乗ってくよ、この店の代金とタクシー代は任せてくれ」

「泊めないわよ、明日早いから。私を降ろしてそのまま帰ってもらうから。なんならそこまでのタクシー代を払います」

「えっ、そっから帰るの？　イヤだ、やりたいよ、やらせてくれ！」

店中に響きわたるやらせろコール。

「疲れてるんだから、またこんどね、今日は帰ります」

「なんだよ、ありえないよ！」（キレる）

一度怒って席を立って、一件落着と思いきや、しばらくしたらニヤニヤしつつ戻ってくるオヤジ。

「帰っちゃったと思った！」とおばさま。

「へへへ、待ってたんだよ〜ん」

「とりあえず出ましょう！」

これまたそのおばさまのタクシーの呼び方がひどくて、彼がタクシー代を出すという算段になるやいなや、アプリではなくしかもMKタクシー（まあ、値段は同じですけれど）に電話をかけて、今いる場所？　よくわからないんです、渋谷なんですけど……と言ってる。それじゃタクシーは呼べないのでは。最終的に店員さんに「ここの住所は？」と聞いていたが、電話をかける前に聞いておこうよ！

席を立ったふたりを見ると声から想像していたもっと古典的な中年とは違う、かなりイケてる見た目の50代前半のふたり。そうかー。若い頃からの飲み仲間と言ってたから、何回かはやってるな。若い頃はイケイケだったんだろう。

高校生男子「女性のほうがほんとにいやならとっくに帰ってるから、イケるに決まってるんじゃない？　モメる意味ある？」

もはや老年の私「金銭的なかけ引きじゃないかな。だって彼女の家はかなり遠そうな地名だったから、タクシーで送ってもらわないと、ラブホから始発で帰ることになるし」
　老年の夫「オヤジだけでなくおばさんのほうまであんまりにも声がデカいから、せっかくの海の生き物の味がしなくなってきたよ。いつついたてを倒してこっちの鍋に倒れ込んでくるかどうか気が気じゃなかったよ」
　老年の私「いや、ああいう人は、そこまでは飲まない。だってそこまで飲んじゃうと大切な場所が柔らかくなってしまうから、そこまでにならない程度に酔ってゴネてるんだよ」
　なんてひどい会話！　ごめんよ、海の生き物よ。

太郎界にて

対処

◎今日のひとこと

いっとき、メルマガやブログの読者のみなさんから「なんでそんなにそうじについて悩んでるの?」とよく言われました。

それまでの生活はお手伝いさんがそうじをしてくれることで他の数日それを補えばよかったことでなんとかなったこととと、子どもの部屋の細かいところに手出しができなくなって(もう18だからプライバシーがあるとみなし)きたという2大変化のために、いっぺんに変えなくてはならなかったからです。

特に今の家は越してきた瞬間からもうお手

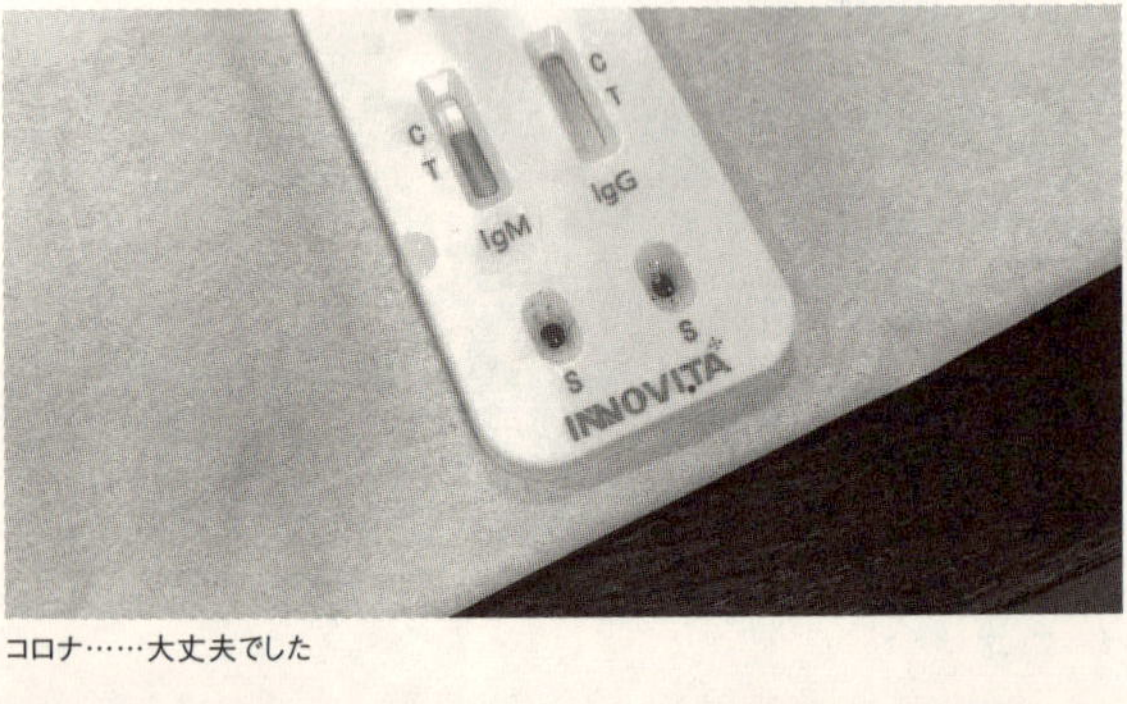

コロナ……大丈夫でした

伝いさんが来てくれていたので、自分の方法では整えていませんでした。道具も、気になるポイントも全然違います。

お手伝いさんはダイソーでこまめにスポンジやステンレスたわしやそうじシートを買ってくるタイプで、私は忙しいからなるべく買い出しに行きたくなくて、長く使える丈夫なスポンジや洗えるそうじシートを使いたい派。それだけでも作業のあり方が違ってきます。

また、週に2回、3時間もかけてだれかがそうじしてるのとしてないのとでは大違い（そのぶんお金もかかって大変だったけど！）なので、そこまで行き届くはずがなくてもそこそこ整理整頓しておけばいい落とし所を新たに見つけなくてはいけません。

それが思った以上に大変で、力のいる床拭きは夫が軽くやってから出てくれることになったのでありがたいですが、昔彼が担当していた洗濯ものを干すことは、息子の複雑な服（一部ポリだとか、不思議なひもやスリットがついてるとか）の登場によって私が担当になり、一勝一敗（？）に。

使いやすい道具、やりやすい時間帯、ポイントの決め方（トイレは毎日必ず、とか、ここにはほこりがたまりやすい、とか）全てが違ってしまうんですよね。

このできごとで恩恵を受けたのはカメです。これまで週に3日はそうじのじゃまになるから食べたらすぐケージに閉じ込められていたのに、今は夜までフリーです。夕方変な時間に歩き出したり、午前中はひなたぼっこして午後運動と食事にしてみたり、自由なスケジューリングを感じます。心なしかちょっと色艶もよくなってきました。19歳の彼女がそんなに幸せに自由を謳歌しているのを見ると、よかったね！　と思います。

そして私。唯一仮眠が取れる夕方あたりに、掃除機がゴーといっていたり、これは誰のTシャツですか？　と起こされて訊問（？）されたりすることなく過ごせるので、逆に仮眠を夜10時くらいにずらしたりして、体調が楽になりました。

たまに夕方犬も猫も寝ていてしーんとしていると、「なんだか淋しいなあ、前はにぎやかだったのに」と思うこともあるけれど、それは子どもが小さいという錦の御旗がもたらしたよいにぎやかさだったので、いずれにしてももうそれはない。もし来ていただいても大人のお手伝いさんと自分のガチンコ勝負になってしまうので、質が違う。

バナナと

だから、それにはすっかり慣れました。

ただ残像のように、街の中で小さな子と手をつないでいた自分がよぎるときがあって、そんなときは「幸せだったな」と切なくなります。

どこにいくにも、なにをするにもいっしょで、しかもお互いを嫌っていない。そんな存在がいたことを、ただありがたく思います。

◎どくだみちゃん

大いなる視線

リビングでうたた寝をしてしまって、はっと目を覚ますと、
子どもが椅子で、パパがソファで、猫は猫用のおぼんで、犬は私の脚に寄りかかって、みんなすうすう寝ているときがある。
だれも起こしたくないけれど、なぜかひとりが目覚めると順ぐりに目覚めていって、またそれぞれの動きを始めてしまう。
ほんの一瞬、永遠の一瞬。
どうしてだろう、自分が死ぬときいちばん思い出すのは、
めくるめく授賞式の光景でもなく、
小説を書き上げて祝杯をあげているときでもなく、
こんなときのことなんだろうな、と思う。
家族を持つというのは、一筋縄ではいかないたいへんなこと。
ときには自分の魂を削ってつきあわなくてはいけないこともある。
それでも、よかったと思うのはそういうとき。
もしも神様がいるとしたら、
神様は絶対にその眠り以上のことを人間にのぞまない。
殺すな、盗むなくらいは思っていると思うけれど、

なにかをするように鍛えたり、いやがることをさせたりはしない。

美しいものが好きなんだと思う。


美しいって、見た目のことだけではない。


たとえば私が寝不足で起きて、カメを洗うのがめんどうくさいなあと思う。

でもいざカメを温浴させると、びっくりするほどの量のうんこをする。

うわあ、こんなに出た、たいへんだ。でも、すっきりしただろうし、これでおいしく食べられるし、やっぱりやってよかった。

と思いながら、必死でカメの下半身（涙）を洗っている。

そういうところに、神様は来るんだと思う。

しかも私を見つめているのではなく、カメと私と場を平等に、全く同じ感覚で、眺めているんだと思う。

大好きな木

◎ふしばな

メモの魔力（笑）

おじいさんになって記憶もあやしくなってきたので、毎日簡単にメモを取るようにしている。

「『ミッドナイト・ミート・トレイン』タイトルのままの映画！　こんなにタイトルのままだとは思わなかった、逆に攻めてる」

「いっしょに『ホットママ』を観ると、ふゆかりんは『別れろ』しか言わない」

みたいな感じだ。

前田裕二さんのように役立つメモを取りたいが、本体が彼よりも雑なのと、マーケティングの視点ではなくもの書きの視点からしか書いてないので、いたしかたない。

前田裕二さんの本に、最近、話しながらメモを取っていないと会っている人が「いいからメモ取りなよ」と言ってくるって書いてあったのは最高におかしかった。

今年の2月から始めたのでいつまで続くのかわからないが、すでに「これがこんなに役立つとは思わなかったな」という瞬間が何回もあった。

ちょうど人々がスマホを外付けのハードディスクのように使っているのと同じで、メモと自分が補い合って存在している。

これって、大丈夫なのか？　それとも人生の後半にものを書くとしたら、限りなく頼もしいことなのか。

今年1年、続けてみて考えようと思う。

中野「第二力酒蔵」のジョッキ

◎よしばな某月某日

どうしてか急に「ティファニー」に行かなくちゃいけないというような変な気持ちになる。

それでちょうど買わなくてはいけなかったマネークリップを買いに行った。

お店のお兄さんが言う。

「このクリップのデザイナーのテレサがつい先日亡くなったんですよ」

いや、エレサだろう、それは。他はともかく君が間違えちゃいけないのでは。

と思いながらも、が〜んとなる。

この人のデザインが若い頃とても好きで、いくつかの作品をいつも身につけていた。親からもらったものもある。

そんな、かけらみたいな関係性でも、ちゃんと死の知らせは伝わってくるんだ、そう思った。

そのあと、「ミート矢澤」がやっているハンバーグとステーキの気軽な店に行き、感じのいい接客と共に山盛りのハンバーグや肉を食べる。

ハンバーグを食べていると新幹線の気分が蘇ってくる。そう、いつも大丸の地下でこのハンバーグ弁当を買うからであった。

移動しすぎていたな、今くらいがちょうどいいのかも、とちょっとだけ思う。

「またハンバーグ弁当買って旅がしたいな」と思うくらいの頻度がいい。


虫が嫌いな人は読まないでください。

くりかえし種をとれる野菜（F1ではない）の種をいろいろいただいたので、屋上のプランターに植える。枯れた根っこを取りのぞき、養分を足して、少し混ぜっ返して陽に当てて、土をなんとか復活させる。ここに足す用の土を少しずつ加えていけば、あまり大がかりにしなくてもいい土になっていくはず。

と思っていたら、プランターのうちひとつからすやすや寝ているでかい幼虫が出てくる。言っちゃなんだけど冷凍のグラタンに入ってるエビくらいの大きさ。オーマイガー！　でもなんとなく殺すのはいやだし埋め戻しとこう、と思って他を掘ると、もうほんとうに、プランター全体に、いい冷凍食品のグラタンに入ってるエビ率と同じくらいいっぱいいる。検索すると、同じ暗澹とした気持ちになった人がこの世にいっぱいいたことがわかる。おまえらは、根っこを食べちゃうコガネムシだな。

まとめてなにかに入れて捨てるのもいやだし（オエー）、庭に捨てたら庭の植物の根っこが食べられちゃうだろうし、なにもかもいや。それにここから取り除いたって、コガネムシの親はまた来るだろうし。

ということで、トマトのことはおおよそあきらめて、見なかったことにする。モンサントにも劣る考え。それが軟弱な都会の野菜栽培。

ある日のささやかなランチ

注釈

＊1　第三新生丸（P20）　下北沢にある八丈島料理屋。電話番号03‐6322‐1933

＊2　いち子さん（P20）「キッチン★ボルベール」https://takehanaichiko.com

＊3　加島屋　（P20）　https://www.kashimaya.jp

＊4　きよみん（P22）　KoideStudio https://www.etsy.com/jp/shop/KoideStudio

＊5　タコのドキュメンタリー（P22）　2020年　Netflix配信のドキュメンタリー。「オクトパスの神秘：海の賢者は語る」

＊6　ゴン太くん（P29）　教育番組「できるかな」に登場するキャラクター

＊7　ミントンさんとミポリン（P29）　高田馬場でギャラリー&カフェ「ロケッティーダ」を営む

＊8　デイヴィッド・リンチの分厚い自伝（P31）「夢みる部屋」　2020年　フィルムアート社刊

＊9　ケルマデック（P40）「時空を変える設定にオン！　世界はひとつだけではない。選べるのだよ」（2020年　徳間書店刊）の著者

＊10　ものすごく怖いまんが（P45）「ある設計士の忌録（1）」他。2020年　朝日新聞出版刊

＊11　CS60（P49）　ヒーリングデバイス https://cs60.com/#salon_syuttyou

＊12　梅ももさくら先生のエステ（P56）「乱と灰色の世界」（入江亜季著）シリーズの登場人物が営む特別なエステ
＊13　てっちゃん（P58）　下北沢にある焼き鳥屋。電話番号03-6805-2266
＊14　つ串亭（P58）　下北沢にある焼き鳥屋。電話番号050-5594-7197
＊15　兄貴（P65）　バリ島で暮らす大富豪。現代で生き抜く知恵をブログや動画などで配信している。http://www.maruotakatoshi.jp
＊16　この小説（P69）「下北沢　さまよう僕たちの街」　2010年　ポプラ社刊
＊17　としえさんのセッション（P75）「タイムウェーバー」というセッション
＊18　プリミさんのおっしゃるところ（P75）　著者の作品「『違うこと』をしないこと」（角川文庫）内の対談より
＊19　銀粉蝶さんのこの本（P81）「カンタン服でいくわ～銀さんの春夏秋冬～」　2020年　双葉社刊
＊20　「山奥ニート」やってます。（P83）　2020年　光文社刊
＊21　ATON（P86）https://aton-tokyo.com
＊22　チョギャム・トゥルンパ（P91）「タントラ――狂気の智慧」（1983年　めるくまーる刊）の著者
＊23　カスタネダ（P91）「時の輪―古代メキシコのシャーマンたちの生と死と宇宙への思索」（2002年　太田出版刊）の著者
＊24　ホドロフスキー（P91）「リアリティのダンス」（2012年　文遊社刊）の著者
＊25　リンチの分厚い本（P91）「夢みる部屋」　2020年　フィルムアート社刊
＊26　ｐｈａさんの本（P95）「どこでもいいからどこかへ行きたい」　2020年　幻冬舎文庫

＊27　ワカコ酒（P96）　新久千映著のおひとり様・ワカコの呑兵衛漫画

＊28　最後の遊覧船（P97）　すぎむらしんいち著の漫画。２０２０年　小学館刊

＊29　ブロードウェイ・オブ・ザ・デッド 女ンビ―童貞ＳＯＳ―（P98）　すぎむらしんいち著のゾンビ漫画。２０１１年　講談社刊

＊30　ラバーズコーヒー（P１０５）　福島県会津若松市にある焙煎所。http://lovers-coffee.com/shop/

＊31　ＹＵＳＨＩ ＣＡＦＥ（P１０５）　長野県佐久市にあるカフェ。電話番号０２６７‐５３‐１０４３

＊32　ティッチャイ（P１０６）　下北沢にあるタイ料理店。電話番号０３‐３４１１‐０１４１

＊33　邪宗門（P１０６）　世田谷区にある喫茶店。https://www.jashumon.com/index.htm

＊34　秋山龍三先生（P１１６）　『『食事』を正せば、病気、不調知らずのからだになれる ふるさと村のからだを整える『食養術』』　２０１６年　ディスカヴァー・トゥエンティワン刊

＊35　アリシア・ベイ・ローレルさん（P１１７）　「地球の上に生きる」（１９７２年　草思社刊）の著者

＊36　ムツゴロウさん（P１４０）　小説家兼エッセイスト

＊37　五十嵐大介さん（P１４１）　「海獣の子供」（２００７〜２０１２年　小学館刊）の著者

＊38　孤高の人（P１４２）　新田次郎原作、坂本眞一による漫画。２００８〜２０１１年　集英社刊

＊39　残酷な神が支配する（P１４８）　単行本は１９９３〜２００１年（全17巻）　小学館刊

＊40　ポーの一族（P１４８）　２０１７年から新作続編刊行　小学館刊

＊41　A子さんの恋人（P１５４）　近藤聡乃著　２０１５〜２０２０年（全7巻）　ＫＡＤＯＫＡＷＡ刊

＊42　うさぎ青年のまんが（P154）　近藤聡乃著　2012年　エンターブレイン刊
＊43　ゆざわくーん（P165）　タブラ奏者 U－Zhaan さん。石濱匡雄さん（シタール奏者）とともに「ベンガル料理はおいしい」（NUMABOOKS）を2019年に刊行
＊44　noteですばらしい記事（P167）「成功の鍵はアウェーとホーム」（2021年1月22日）https://note.com/maeda01/n/na4f98706c971
＊45　ひとりでしにたい（P168）カレー沢薫著　2020年から講談社より刊行中
＊46　よなよな（P199）　note連載中「ばな子とまみ子のよなよなの集い」
＊47　「グレート・ギャツビー」を追え（P206）　ジョン・グリシャム作・村上春樹訳　2020年　中央公論新社刊
＊48　花岡ちゃん（P219）「花岡ちゃんの夏休み」　1979年　集英社刊
＊49　じゃあまたね（P220）　2020年　集英社刊
＊50　カラスヤサトシさん（P226）「エレガンスパパ」（2014年　秋田書店）の著者
＊51　プリミさん（P228）「地球の新しい愛し方——あるだけでLOVEを感じられる本」（2019年　青林堂）の著者
＊52　ストップ!!ひばりくん！（P228）　江口寿史著の人気漫画。1982～1984年　集英社刊
＊53　新黒沢　最強伝説（P242）　福本伸行著の人気漫画。2013～2020年　小学館刊
＊54　タカコさん（P243）　新久千映著の人気漫画。2016～2021年　コアミックス刊
＊55　新久千映さん（P250）「新久千映のお酒バンザイ！」（2021年　KADOKAWA刊）の著者

吉本ばなな「どくだみちゃん と ふしばな」購読方法

①noteの会員登録を行う（https://note.com/signup）

②登録したメールアドレス宛に送付される、確認URLをクリックする

③吉本ばななのnoteを開く

こちらの画像をスマートフォンのQRコードリーダーで読み取るか
「どくだみちゃんとふしばな　note」で検索してご覧ください

④メニューの「マガジン」から、「どくだみちゃん と ふしばな」をクリック

⑤「購読する」ボタンを押す

⑥お支払い方法を選択して、購読を開始する

⑦手続き完了となり、記事の閲覧が可能になります

JASRAC出2406123-401

本書は「ｎｏｔｅ」二〇二一年三月五日から九月二十九日までの連載をまとめた文庫オリジナルです。

幻冬舎文庫

●好評既刊
すべての始まり
どくだみちゃんとふしばな1
吉本ばなな

同窓会で確信する自分のルーツ、毎夏通う海のヒーリング効果、父の切なくて良いうそ。著者が自分の人生を実験台に、日常を観察してわかったこと。人生を自由に、笑って生き抜くヒントが満載。

●好評既刊
忘れたふり
どくだみちゃんとふしばな2
吉本ばなな

「子どもは未来だから」――子と歩いていると声をかけてくれる台湾の人々。スペインで食した生ハムとカヴァにみた店員の矜持。世界の不思議を味わえ、今が一層大切に感じられる名エッセイ。

●好評既刊
お別れの色
どくだみちゃんとふしばな3
吉本ばなな

季節や家族の体調次第でいい塩梅のご飯をこしらえたり、一時間で消費されてしまうかもしれない小説を、何年間もかけて書き続けたり。作家のさりげない日常に学ぶ、唯一無二の自分を生きる極意。

●好評既刊
嵐の前の静けさ
どくだみちゃんとふしばな4
吉本ばなな

「経営者とは部下を鼓舞し良さを発揮させつつ、自分はその数千倍働きたい人」事務所経営での気付き、恋愛の自然の法則等。悩み解決のヒントを得られ、人生の舵を取る自信が湧いてくる。

●好評既刊
大きなさよなら
どくだみちゃんとふしばな5
吉本ばなな

「あっという間にそのときは来る。だから、月を眺めたり、友達と笑いながらごはんを食べたりしてゆっくり歩こう」。大切な友と愛犬、愛猫を看取り、悲しみの中で著者が見つけた人生の光とは。

幻冬舎文庫

●好評既刊
怖ガラセ屋サン
澤村伊智

誰かを怖がらせて欲しい。戦慄させ、息の根を止めて欲しい。――そんな願いを叶えてくれる不思議な存在「怖ガラセ屋サン」が、あの手この手で、恐怖をナメた者たちを闇に引きずり込む！

●好評既刊
霧をはらう(上)(下)
雫井脩介

小児病棟で起きた点滴殺傷事件。物証がないまま逮捕されたのは、入院中の娘を懸命に看病していた母親だった。若手弁護士は無実を証明できるのか。感動と衝撃の結末に震える法廷サスペンス。

●好評既刊
考えごとしたい旅 フィンランドとシナモンロール
益田ミリ

暮らすとしたらどの家に住みたいかを想像しながら散歩したり、色々なカフェを訪れて名物のシナモンロールを食べ比べしたり。食べて、歩いて、考えるフィンランド一人旅を綴ったエッセイ。

●好評既刊
降格刑事
松嶋智左

元警視の司馬礼二は、不祥事で出世株から転落したダメ刑事。ある日、新米刑事の犬川椋と女子大生失踪案件を追うことになるが、彼女はある秘密を抱えていたようで――。傑作警察ミステリー。

●好評既刊
残照の頂 続・山女日記
湊 かなえ

「ここは、再生の場所――」。日々の思いを嚙み締めながら、一歩一歩山を登る女たち。山頂から見える景色は過去を肯定し、これから行くべき道を教えてくれる。山々を舞台にした、感動連作。

わかる直前《ちょくぜん》

どくだみちゃんとふしばな10

吉本《よしもと》ばなな

令和6年9月5日　初版発行

発行人――石原正康
編集人――高部真人
発行所――株式会社幻冬舎
〒151-0051東京都渋谷区千駄ヶ谷4-9-7
電話　03(5411)6222(営業)
03(5411)6211(編集)
公式HP　https://www.gentosha.co.jp/
印刷・製本―中央精版印刷株式会社
装丁者――高橋雅之

幻冬舎文庫

ISBN978-4-344-43413-4　C0195　よ-2-43

この本に関するご意見・ご感想は、下記アンケートフォームからお寄せください。
https://www.gentosha.co.jp/e/